校园故事会

运筹一生的战争故事

胡罡 主编

黄河出版传媒集团
阳光出版社

图书在版编目（CIP）数据

运筹一生的战争故事 / 胡罡主编 .-- 银川：阳光出版社，2016.6（2022.05重印）
（校园故事会）
ISBN 978-7-5525-2671-4

Ⅰ．①运… Ⅱ．①胡… Ⅲ．①故事 – 作品集 – 中国
Ⅳ．① I247.8

中国版本图书馆 CIP 数据核字 (2016) 第 143620 号

校园故事会　运筹一生的战争故事　　　胡罡　主编

责任编辑　陈建琼
封面设计　华文书海
责任印制　岳建宁

黄河出版传媒集团
阳光出版社　出版发行

地　　址　宁夏银川市北京东路139号出版大厦（750001）
网　　址　http：//www.ygchbs.com
网上书店　http：//shop129132959.taobao.com
电子信箱　yangguangchubanshe@163.com
邮购电话　0951-5047283
经　　销　全国新华书店
印刷装订　天津兴湘印务有限公司
印刷委托书号　（宁）0020148

开　　本　710 mm × 1000 mm　1/16
印　　张　7.5
字　　数　90千字
版　　次　2016年9月第1版
印　　次　2022年5月第2次印刷
书　　号　ISBN 978-7-5525-2671-4
定　　价　30.00元

前　言

我们在故事的摇篮里长大，故事就像一个最最忠实的好朋友，时时刻刻陪伴在我们身边。它把勇敢和智慧传递给我们，也把快乐、爱与美注入我们的心田。

《校园故事会》系列所选用的故事内容丰富、主人公形象生动活泼，而其寓意也非常深刻，会让你在愉快的阅读中了解到什么是美，什么是丑，什么是善，什么是恶，什么是直，什么是曲。我们相信，这些故事一定会使广大学生受益匪浅。真诚地希望本系列丛书能成为家长教育孩子的好助手，学生成长的好伙伴！

本系列丛书内容包括亲情、哲理、处世、智慧等故事，会使你在阅读中收获真知与感动，在品味中得到启迪与智慧。可以说，它们是父母送给孩子的心灵鸡汤，自己送给自己的最好礼物，同学送给同学的智慧锦囊，老师送给学生的精神读本。

总而言之，这是一套值得您精读，值得您收藏，更值得您向他人推荐的好书。因为课本上的道理是一条条教给您的，而这套书中的“故事”所蕴含的大道理、大智慧是要您自己揣摩的。

本系列图书在编写过程中不免会有瑕疵，望广大读者批评指正，我们会虚心接受。

编　者

目　录

黄帝大战蚩尤

上古时代，有两个强大的部落。黄帝部落，部落首领姓公孙，号有熊氏，出生在山东曲阜的寿丘，后迁居姬水之滨的轩辕山坡上，所以改姓姬，取名轩辕，后人称为黄帝；炎部部落，兴起于姜水（渭水支流），故姜姓，部落首领姓姜，号神农氏，后人称为炎帝。“炎黄”是炎帝和黄帝的并称。中华民族五千年的文明史就是从黄帝和炎帝开始的。

黄帝部落和炎帝部落都属于夏民族。“夏”是族名，作为族名，“夏”含有“大”的意思。夏民族是居住在西方的民族。“华”的概念源于东方的夷人，夷人是中原一带最早的居民，故夷民族亦称“华族”。“华夏”就是华夷民族和夏民族的合称，他们基本代表了中国人的全部。

传说黄帝生下来就相貌堂堂，前额隆起，像太阳悬空。说他两个多月就能说话，几岁时就才智过人，能言善辩。到二十岁已能友爱处世，宽厚待人。

黄帝是夏族集团的首领，其部族主要活动于黄河中游一带。蚩尤是九黎族首领，原活动于长江中游及淮水流域。当时氏族制度开始解体。为了增加奴隶，扩大财富和领地，氏族部落之间经常发生冲突。在这种情况下，黄帝便积极学习行军布阵，做好作战准备。同时，他又率兵对那些破坏部落联盟规章的部落进行征伐，使各部落首领都归附服从他。然而，蚩尤为首领的部落联盟最勇猛也最残暴，经常到别的部落去抢掠屠杀，没有哪个能够战胜他。于是，远近许多弱小的部落都纷纷归附轩辕。从此，黄帝族的势力范围扩大了，力量也强大了。

黄帝当时正力求向华北大平原发展，而为争夺游牧畋猎之地，蚩尤也联合81个小部族兼并附近部族，进逼黄河中游。

蚩尤暴虐无道，兼并诸侯，当时的天下共主——发明农耕和医药的炎帝已经衰落，酋长们互相攻击，战乱不已，生灵涂炭，炎帝求助于黄帝。鉴于“蚩尤作敌”、黎族入侵，黄帝毅然“征师诸侯”，联合夏族各部族，奋起打击。黄帝与蚩尤战于涿鹿，史称“涿鹿之战。”此战是我国历史上最早的一次部族战争。

涿鹿之战中黄帝采取了退遁诱敌、示短扬长的战略，避其锋芒，以逸待劳，一举获胜。当蚩尤由空桑（今河南开封陈留镇）北进时，黄帝主动引退。待蚩尤疲于奔命、进至涿鹿之际，开始反击。当时暴风大作、尘沙蔽天，蚩尤疑为神意，彷徨畏惧，手足无措。传说当时黄帝使用指南车指示方向，因得天时地利，乘乱追击，大败九黎部族，擒杀蚩尤，以黄帝胜战而告终。诸侯尊轩辕为天子，成为天下的共主。因有土德之瑞，故称为黄帝。

轩辕是个很有谋略和勇武的人。为长远计，他积极改革内政，教化万民，让人民安居乐业。他派遣使者，经常去安抚四方前来归顺的部落。他推行种菽、麦、稻，大力发展农业生产。他严格军事训练，努力提高部队的战斗力。

炎帝虽然被蚩尤打败，但实力尚存。他不满黄帝成为天下共主，企图夺回失去的地位，终于起兵反抗。黄帝与炎帝的军队在阪泉（河北涿鹿县东）相遇。双方在阪泉平野之地展开了殊死决战。经过三次交战，炎帝战败了。于是，炎帝认输，与黄帝结成联盟。

黄帝统一了中原。炎、黄两族开始融合成一体，成为中国古代文化的摇篮。因而，人们往往称中华民族是“中华儿女”或黄帝子孙。炎黄子孙就成了中华民族的代名词。

名人档案

黄帝被认为是中华民族的始祖。根据记载，号轩辕氏、有熊氏，姬姓，一说姓公孙，姬姓部落首领，传说中远古时代华夏民族的共主，五帝的第一个。黄帝也被道教尊为道家之祖，在道教中有特殊的地位。

鸣条之战

鸣条之战是在夏商之际(约公元前16世纪)商军在鸣条(今河南封丘东)击败夏军、消灭夏朝的一次决定性会战。

商是夏朝的属国,在今黄河下游河南、山东一带。在汤为首领时,势力日渐强大。当时夏朝君主桀荒淫无度,暴虐无道,国政混乱,众叛亲离。商汤在长期准备的基础上,先征服与商邻近夏属国葛(今河南宁陵),以保障商都南亳的安全,继而剪除了夏桀羽翼,集中兵力逐次攻灭了韦、顾、昆吾三个夏朝的附属国,占领了兖、豫大平原,使夏桀势孤力薄。此后商王双管齐下,一面离间夏与各属国的关系,一面继续积蓄力量。在夏桀召集属国的会盟上,缗氏带头叛夏,“九夷之师不起”,即淮河流域的九个属国不听从夏桀的指挥。这时,商汤认为与夏桀决战的时机已经成熟,即号召各盟国兴兵伐桀。汤在决战前发表了慷慨激昂的誓词,并精选“良车”七十辆,“必死”六千人,联合盟国军队,绕道至西方出其不意地进攻夏都。

桀率军仓促应战,结果败走鸣条,商汤挥军进至鸣条决战,商军大胜。继而又趁势攻灭夏属国三朡(今山东定陶东),桀率少数残部逃至南巢氏(今安徽寿南),战争遂告结束,夏朝灭亡,我国第二个奴隶制王朝商正式建立。

商夏鸣条之战，是中国奴隶社会中最早的战争，对后代的战争和军事学术发展影响深远。

名人档案

商汤，子姓，名履，灭夏后称为武汤、成汤或成唐，甲骨文中称太乙、高祖乙，是商王朝的建立者，著名军事家。

汤原是东方商族部落的首领。始祖契，曾辅佐大禹治水，封于商地，因以为族号。汤任贤臣伊尹为相，委以国政，以亳为据点，积蓄力量，准备灭夏而代之。先后攻灭邻近的葛国及韦、顾等夏的羽翼国，最后利用夏桀荒淫无道，夏内部矛盾激化的时机，攻灭了夏王朝，建立了商王朝。汤在位期间推行善政，减轻征敛，鼓励生产，安抚民众，停止人殉以保护劳动力。这些措施巩固了商的统治，僻处西方的氐羌部落也来归附。

牧野之战

商朝末年，商纣王荒淫暴虐，众叛亲离，政权摇摇欲坠。地处渭水、泾水流域(今陕西境)的姬姓周族国家迅速崛起，拥有一支车、步兵数万人的精锐军队。周文王继位后，励精图治，发展实力，力图摆脱商朝控制。他起用有雄才大略的姜尚为军师，任用一批贤臣，采取先弱后强，各个击破，剪除羽翼，逐渐削弱和孤立商朝的方略，积极准备灭商。周先后出兵攻灭西部的犬戎、密须(今甘肃灵台西南)，巩固了后方，又转兵东进攻灭耆等商的盟国，对商都朝歌形成进逼之势。然后，又将国都从岐地迁到丰邑，作为灭商的前进阵地。

文王去世后儿子姬发继位，称周武王，加紧进行灭商准备。他率六师军队东进至孟津(今河南孟津东北、孟县西南)黄河渡口，会盟各诸侯国军，检阅实兵。相传800诸侯不期而至。众诸侯拥武王为盟主，结成联合灭商阵线。武王拒绝诸侯即刻伐商建议，认为时机尚不成熟，在会盟完毕，即率军西归，史称“孟津观兵”。

武王待机灭商，派间谍到朝歌侦察商朝情况，并收买纣王重臣微子启、胶鬲等，促其反叛。当得知纣王杀死其叔父比干，囚禁其弟箕子，微子出走，太师疵和少师疆奔周，商统治集团严重分裂，纣王十分孤立，商军主力远攻东夷(东部沿海地带)，朝歌空虚，遂决定先发制人，乘隙决战灭商。商朝末期(约公元前11世纪)，周武王姬发率军在牧野(今河南淇县南)进攻商军，展开了灭亡商朝的战略决战。

周武王四年(公元前1057年，一说公元前1027年；另说八年，十一年)十二月，武王率西六师战车300乘、虎贲3000人、甲士4.5万人，并联合庸(今湖北西北、陕西南部)、蜀(今四川境)、羌(今陕西、甘肃境)等方国军队，大举东进。戊午日，周军在孟津(一说汜水)渡河，与各方国军队汇合。武王作"泰誓"，历数纣王"自绝于天"的罪行，宣布今"维龚行天罚"(《尚书·泰誓》)的决定。接着，武王挥军北上，冒雨行军，于一月初(一说二月)进抵商郊牧野。甲子日早晨，攻商大军在牧野集结，武王占卜为吉，随即召开誓师大会，并命军队在作战时，"不过六步七步乃止齐焉"，"不过于四伐五伐六伐七伐乃止齐焉"以保持队形严整；要求将士英勇奋战，又不滥杀败逃之敌(《尚书·牧誓》)。周军与诸侯国军士气高昂，列成左、中、右三个方阵，准备与商军交战。

纣王得知周军来攻，慌忙调集少数贵族军队和大量奴隶、战俘17万人(一说70万人)，开赴牧野。商军士气低落，多不愿战，队形混乱。武王见此情，便命姜尚率百夫长的大卒精兵首先向商军发起冲锋。商军前徒纷纷倒戈，让开通道。武王随即指挥全军奋力冲杀。双方大战至夕，商军大势已去。纣王逃奔朝歌，登上鹿台，自焚而死。武王率领众诸侯进入朝歌，安抚商民，然后发兵扫除附商诸侯。四月回到宗周(今陕西西安西)，作《世俘》宣布克殷之命。统治中原近700年的商王朝灭亡，周王朝代之而立。

牧野之战是我国早期历史上朝代更易过程中最大的战役之一，也是中国战争史上以少胜多，以弱胜强，先发制人的著名战例。它终止了殷商王朝的六百年统治，确立了周王朝对中原地区的统治秩序，为西周奴隶制礼乐文明的全面兴盛开辟了道路，对后世历史的发展产生了深远的影响。

名人档案

周武王，姓姬名发，文王之子，生卒年不详，周王朝的建立者。因商纣暴虐无道，乃率领诸侯会师孟津，商讨伐商，后大战于牧野，败纣而代有天下，都镐京，建立诸侯国。在位十九年崩，谥曰武。

周公东征

周王朝建立的第二年，武王去世了。这时，社会还不安定，政权还不稳固。继位的成王年幼无知，周朝的统治出现了危机。在严峻的局势面前，文王的儿子、武王的弟弟周公，毅然挑起了继续治理周朝的重担。于是，周公在周王室宗族庙堂东边的台阶上，主持了祭祀天地和祖先的礼仪，代替周成王行使天子的职权。但是，耿耿忠心的周公并没有为大家所理解，特别是周公的三哥管叔，认为按照“兄终弟及”的老办法，王位该轮到他这个老三了。而现在周公代行天子职权，反而要听弟弟的命令，心里很不舒服。

周公的弟弟蔡叔也有这种想法。管叔、蔡叔甚至把武王灭商后，武王将他俩和霍叔三兄弟分封在纣王儿子武庚周围，实现就近监视的“三监”战略部署，都认为是周公捣的鬼，好使周公自己留在镐京篡夺王位。

管叔、蔡叔便散布一些流言中伤周公，说周公准备谋害成王，自己要做起天子了。朝中大臣不明真相，也都怀疑起来，流言传到宫里，成王也忐忑不安。

周公得知这个情况，心急如焚，便去找太公望和召公谈心，倾心吐露自己的心迹，分析当时的形势，十分恳切。周公的一片赤诚，取得了已是三朝元老的太公望和武王同父异母的弟弟召公奭的谅解和支持。

这时，纣王的儿子武庚亡国之后被封在原来的都城里为侯，一直在作叛敌准备，窥伺时机到来。现在武王已死，成王年幼，周贵族内部不和，武庚认为图谋报仇的机会到了。于是一面派人四处活动，联络原来与商关系密切的诸侯国，一面派使者去挑拨管叔、蔡叔、霍叔与周公兄弟间的关系，拉拢“三监”共同对付周公。

管叔和蔡叔为了达到自己的目的，不惜与原来的敌人武庚勾结，利用商的残余势力扩大自己的力量。于是管、蔡与武庚，经过一番密谋策划之后，公然起兵举事了。

叛乱的消息传到周都镐京，周公决定马上调集军队，兴师讨伐。在周公的统领下，讨伐大军浩浩荡荡由镐京出发东征。

周公领兵先讨伐武庚。攻打了几个月，武庚拼命顽抗，在兵败向北逃之时，被周兵杀死。管叔走投无路悬梁自缢。蔡叔只得率臣到周公军中认罪，被削职为民，流放边区。

周公这次东征，花了三年时间，灭了许多国，也封建了许多国，使封建制度向前推进了一步。

周王代行天子的职务七年，看到成王已长大成人，能够掌管国家大事了，就把权力交还给成王。

周公坦荡的心怀，终于以自己的行动昭示于天下。

名人档案

周公旦，西周政治家。周公姓姬，名旦，亦称叔旦。周文王的第四子，周武王的同母弟。因采邑在周，称为周公。武王死后，其子成王年幼，由他摄政当国。武王死后又平定“三监”叛乱，大行封建，营建东都，制礼作乐，还政成王，在巩固和发展周王朝的统治上起了关键性的作用，对中国历史的发展产生了深远影响。周公在当时不仅是卓越的政治家、军事家，而且还是个多才多艺的诗人、学者。其兄弟管叔、蔡叔和霍叔等人勾结商纣子武庚和徐、奄等东方夷族反叛。他奉命出师，三年后平叛，并将势力扩展至海。后建成周洛邑，作为东都。相传他制礼作乐，建立典章制度。其言论见于《尚书》诸篇。

齐桓公伐楚

春秋时，周王室力量衰微，各诸侯拥兵自重，相互攻伐，形成了南楚北齐两大势力集团。

齐处于中原地区，地方千里，土地肥沃，物产丰富，具有称霸的客观条件。而楚国利用中原混战之机，乘机扩张势力，久有觊觎中原野心。周惠王十九年（公元前 658 年）冬，楚成王兴兵伐郑，并虏郑大夫聃伯而归。郑与齐有联盟关系，唇亡齿寒，齐国不能坐视楚国对中原的进犯。

周惠王二十一年（公元前 656 年）春，齐桓公联合鲁、宋、陈、卫、郑、曹、许，以八国之师兴兵伐楚。楚成王闻诸侯联军侵入楚境，并不示弱，亦发兵北进，在楚境召陵（今河南郾城东）形成对峙。由于双方都不敢轻启战端，经过谈判，终于化干戈为玉帛，达成“召陵之盟”。

召陵会盟后，楚停止了向中原北进，中原实现了短暂的安定，齐桓公以“不战而屈人之兵”的战略思想，谋取了中原霸主地位。

齐桓公何以“不战而屈人之兵”，主要是他举贤任能，用人得当。齐桓公即位后，即捐弃前嫌，重用管仲为相。管仲帮助齐桓公大力改革，对内“通货积财，富国强兵”，对外争取友国，建立霸业。军事上，以实力为后盾，以会盟为手段图霸中原。政治攻势，主动灵活。同时采取了施仁义、广联合、取人心的措施，在政治上占了主动，形成强大的势力范围，促进了中原统一。

名人档案

齐桓公，春秋时齐国国君。姜姓，名小白。他在位期间（公元前 685—公元前 643 年），选贤任能，改革齐政，使国富兵强，“九合诸侯，一匡天下”，成为春秋时期的第一个霸主。

城濮之战

城濮之战发生于鲁僖公二十八年(公元前632年),它是春秋时期晋、楚两国为争夺中原霸权而进行的第一次战略决战。在这场战争中,楚军在实力上占有优势,但是由于晋军善于“伐谋”“伐交”,并在战役指导上采取了正确的扬长避短、后发制人的方针,从而最终击败楚军,“取威定霸”,雄踞中原。

春秋时期,齐桓公死后,齐国内乱不已,霸业遂告中衰。这时,位于长江中游地区的楚国乘机向黄河流域扩展势力,并在泓水之战中挫败宋襄公图霸的企图,将自己的势力范围发展到长江、淮河、黄河、汉水之间,控制了郑、蔡、卫、宋、鲁等众多中小国家。

正当楚国势力急剧向北发展的时候,在今山西、河南北部、河北西南一带的晋国也兴盛了起来。

公元前636年,长期流亡在外的晋公子重耳历尽艰辛,终于回国即位,是为晋文公。他任贤使能,发展经济,崇俭省用,整军经武,逐步具备了争夺中原霸权的强大实力。

晋国的壮大崛起,引起了楚国的严重不安。两国之间的矛盾因此日趋尖锐。公元前634年,鲁国因和曹、卫两国结盟,几度遭到齐国的进攻,便向楚国请求援助。而泓水之战后被迫屈服于楚的宋国,这时看到晋文公即位后晋国实力日增，也就转而依附晋国。楚国为了维持自己在中原的优势地位，便出兵攻打齐、宋，并想借此来遏扼制晋国势力的东进和南下。而晋国也不甘心长期局限于黄河以北一带，于是便利用这一机会，以救宋为名，出兵中原。

公元前633年冬，楚成王率领楚、郑、陈、蔡多国联军进攻宋国，围困宋都商丘。宋成公向晋国求救。晋国大夫先轸认为这正是“报施救患，取威定霸”的良机，力主晋文公出兵。狐偃向晋文公提出建议：先攻打曹、卫两国，调动楚军北上，以解救宋国。

公元前632年1月晋文公统率大军渡过黄河，很快占领了整个卫地。接着，晋军又向曹国发起了攻击，三月间，攻克了曹国都城陶丘（今山东定陶），俘虏了曹国国君曹共公。

晋军攻打曹、卫两国，原来的意图是想引诱楚军北上，然而楚军却不为所动，依然全力围攻宋都商丘。这就使得晋文公感到进退为难，晋文公再度召集大臣进行商议。先轸仔细分析了形势，便用计联合当时的大国齐、秦，使得晋、楚双方的力量对比发生了重大的变化。

楚成王看到晋、齐、秦三大国结成联盟，形势明显不利于已，要求令尹子玉将楚军主力撤出宋国，避免与晋军冲突。但是子玉却骄傲自负，仍坚决要求与晋军决战。晋文公用计激怒子玉，楚军向曹都陶丘逼近，为了避开楚军的锋芒，选择有利的决战时机，诱敌深入，后发制人，遂下令部队主动“退避三舍”，撤到预定的战场——城濮（今河南濮城）一带。

晋军的“退避三舍”，实际上是晋文公谋略胜敌的重要一着妙棋，它在政治上争得了主动——“君退臣犯，曲在彼矣”，赢得了舆论上的同情。在军事上造就了优势——便于同齐、秦等盟国军队会合，集中兵力；激发晋军将士力战的情绪；先据战地，以逸待劳等等。从而为晋军后发制人，夺取决战胜利奠定了坚实的基础。对晋军的主动后撤，楚军中不少人都感到事有蹊跷，主张持重待机，停止追击。然而刚愎自用的子玉却认为这正是聚歼晋军，夺回曹、卫的大好时机，挥兵跟踪追至城濮。

公元前632年，晋楚两军在城濮展开了一场大决战。在决战中，晋军针对楚中军较强、左右两翼薄弱的部署态势，以及楚军统帅子玉骄傲轻敌、不谙虚实的弱点，采取了先击其翼侧，再攻其中军的作战方针，有的放矢发动进攻。楚军战败，向西南撤退到连谷，子玉旋即被迫自杀。城濮之战就此以晋军获得决定性胜利而告结束。

城濮之战后，晋文公在践土（今河南郑州西北）朝觐周王，会盟诸侯，向周王献楚国俘虏驷马兵车100乘及步兵1000名。周襄王正式命晋文公为侯伯。晋国终于实现了"取威定霸"的政治、军事目标。

名人档案

晋文公（？—公元前628年），名重耳。晋献公二十一年（公元前656年），皇室之争迫使重耳弃蒲走狄，开始了长期的流亡生活。

重耳在戎狄居住了12年，期间，他父亲晋献公死后，晋国大夫曾经派人请重耳归国继位，被重耳拒绝。晋惠公当政后，又命人微行戎狄刺杀重耳，重耳虽幸免于难，却感到戎狄不足以为后援。此后，重耳先后流亡于齐国、楚国和秦国。晋秦韩战之后，秦穆公欣然派3000秦军拥重耳入晋。晋惠公十四年

（公元前637年），重耳命部下杀晋惠公于高梁（临汾），继位于绛。

19年的流亡生活使晋文公扩大了视野，了解了下情，因此他继位后就进行了一系列改革。首先，他号召国内大力改进生产工具，施惠百姓，奖励垦殖，发展生产，繁荣社会经济。其次，他大批启用沉沦的旧族，同时又十分注意任用和提拔出身微贱而才能俊异的人，团结了新旧贵族，为他建立霸业做好了准备。"城濮之战"后，晋文公请周襄王到践土大会诸侯，"践土之盟"标志着晋文公建立霸业的完成。

晋文公的业绩虽然以他的霸业为标志，但他在国内的一些创制，对于晋国无疑是发生了积极的作用，决定了后期晋国的社会全貌。

围魏救赵

公元前353年，魏国的大将庞涓率军围困了赵国首都邯郸。赵国的国君赵成侯派使者到齐国求援。齐威王任命田忌为主将，孙膑为军师，率军救赵。田忌原企图率军直趋赵国首都，包抄魏军后路，内外夹击，以解邯郸之围。孙膑认为直接与魏军交锋，解邯郸之围为时已晚，主张迫使攻赵的魏军释赵而自救。待魏军回兵时，中途予以截击，必能取胜。孙膑分析说：当前的情势是魏国长期攻赵，"轻兵锐卒必竭于外，老弱疲于内，"这样就为攻击大梁提供了可能。而大梁是魏国的政治、经济和军事中心，魏军势必回救。这样可以一举两得：既能解邯郸之围，又能兼得消灭魏军之利。田忌采纳了孙膑的意见。

为实现这一作战方针，齐军尽量用假象迷惑敌人。田忌、孙膑故意派不懂军事的齐域、高唐二都邑大夫率兵进攻平陵。平陵介于宋、卫之间，是魏国东阳地区的军事重镇，人口多，兵力强，不易攻取。孙膑知道，派出的军队不会攻下平陵，但这一行动既可坚定赵国继续抗魏的决心，又可使魏军产生齐军不堪一击的错觉，继续围攻邯郸，从而达到迷惑庞涓的目的。齐军果然未能攻下平陵，兵败受挫。这时，田忌、孙膑派出轻兵锐卒直趋大梁城郊，主力则分路跟进，造成兵力单薄的假象。庞涓果然中计，撤离邯郸，抛弃辎重，兼程回师。魏军回师必经桂陵，田忌、孙膑即率主力先期到达该地。魏军进至桂陵，突遇齐军截击，魏军由于长期攻赵，兵力消耗很大，兼以长途跋涉，士卒疲惫，而齐军却以逸待劳，因而大败魏军。

孙膑用“围魏救赵”的作战法轻而易举地打败了当时势力强大的魏国，既救了赵国，又使齐国势力得到进一步扩展。

名人档案

孙膑，战国时期杰出的军事理论家和军事指挥家，齐国人，同庞涓一同拜鬼谷子学习兵法。因遭到庞涓的妒忌，被暗算除去膝盖骨，故有孙膑之称。后由齐国使者秘载归国，被齐国大将田忌收留。在一次赛马中，助田忌赢了国君，才华初露，被齐威王封为军师。公元前 354 年，建议齐军“围魏救赵”，大败庞涓魏军。公元前 342 年，魏军在庞涓的带领下，又进攻韩国，韩向齐求救。齐军依照孙膑的计策，待两国交战多时兵力衰竭时，又一次猛捣魏都大梁。孙膑运用“减灶诱敌”的方法，诱敌深入到齐国境内马陵，齐军利用有利地形，设下埋伏，等魏军一到，万箭齐发，魏军死伤惨重，庞涓兵败自杀。后来，孙膑和他的弟子们一道对自己的作战经验进行了总结，写成了伟大的军事著作《孙膑兵法》。

马陵诱兵

公元前 342 年，魏国以太子申为上将军，庞涓为大将，起兵大举进攻韩国，直向韩都进发。

韩国闻讯，派人向齐国告急，请求齐威王出兵相救。

齐威王召集群臣商议。相国邹忌认为，韩、魏相拼，对齐国有利，主张不救；大司马田忌认为，魏若胜韩，必祸及齐国，主张早救。大家争论不休，军师孙膑却一言不发。齐威王问孙膑的意见，孙膑说："若不救，是弃韩以肥魏；若马上去救，是我代韩受兵，韩得利，我受害，所以早救也不利。"于是孙膑提出了一个用力少而见功多的必救与缓救的主张，并被齐王采纳了。

韩国得悉齐国将出兵相救，便全力抗魏。前后与魏军交战五六次，都不能取胜，于是又派出使者向齐求救。

第二年，当韩、魏战斗疲顿的时候，齐威王才命田忌为主将，田婴为副将，孙膑为军师，率齐军出兵救韩。这次出师救韩，按照孙膑的计策，像上次救赵一样，采取"围魏救韩"的作战方针，直攻魏国的都城大梁。

魏国元帅庞涓得知齐军袭击大梁，立即率军离韩回国，日夜兼程，迎击齐军。这时，齐军已越过边界西入魏境了。深知庞涓心理的孙膑对田忌说："魏军自以为兵强马壮而轻视齐军，认为齐军怯战，我们将计就计，装着胆怯逃亡的样子，诱使魏军入彀。"孙膑与田忌仔细研究，提出了一个退兵减灶、诱敌深入、设伏奸敌的计策。

于是，齐军佯作后撤。后撤的第一天，令士兵在营地挖了10万个煮饭用的灶。后撤的第二天，令士兵又挖了五万个灶。后撤的第三天则令士兵在营地只挖了3万个灶，以诱魏军追击。

庞涓回师进入国境。得知齐军早已后撤，便命令部队按照齐军后撤的路线，急起直追。一路上，庞涓仔细观察齐军宿营地的遗迹，以了解敌情。追了三天后，发现齐军营地的煮饭灶，一天比一天大减，大为高兴地说："我早知道齐军怯战，进入我国境内才三天，逃亡的士兵就超过一半。"于是庞涓命令留下步兵，挑选2万精兵锐卒，轻装快骑，由他和太子申率领，加快速度，穷追齐军。就这样，魏军被孙膑诱到了马陵(今河北大名县东南)。

庞涓及魏军被孙膑诱到了马陵。马陵道路狭窄，两旁是山，树多林密，地势险要，是个伏击歼敌的好战场。

孙膑估计着庞涓追兵的行程，认定早晚必然到达马陵。便命令士卒除留下一株大树外，其余的树木统统砍倒，然后分撒在狭窄的路上。又令士卒在留下的那棵大树的东面，剥去树皮，在白白的树身上面用黑煤写了八个大字：庞涓死于此树之下。孙膑又在军中抽调一万名善射能手，分成两队，埋伏在道路两旁的山林里，并吩咐说："只要看到树下火光一亮，就一齐朝下放箭。"

当天晚上，庞涓果然率领轻骑进入马陵道。山道狭窄，断木纵横，而且天色昏暗，行进十分困难。庞涓以为是齐军为阻止魏军疾追故意设置的障碍，便下令清道开路。

清道时，庞涓猛然看见道旁一棵大树上，有一段白木显露，似乎隐约有字，就叫士卒取火来。在火光的照耀下，庞涓看到八个大字，大吃一惊，叫道："我中了孙膑的诡计！"

庞涓的话还没有说完，忽然伏兵四起，万箭齐发，魏军乱作一团，溃散逃窜。

庞涓身中数箭，负了重伤，知道失败已成定局，拔剑自刎而死。

庞涓一死，齐军乘胜追击，将魏军后续部队彻底击溃，俘虏了魏太子申，而后撤兵回国。马陵之战，使孙膑名扬天下，他撰写的《孙膑兵法》也传扬于后世。

名人档案

庞涓（？—公元前 342 年）战国时魏将，曾与孙膑同拜鬼谷子学兵法。公元前 354 年，他率魏军围困赵都邯郸。次年齐救赵，采用孙膑的策略，诱使魏军兼程赶回应战，在桂陵（今河南长垣西北）中伏，庞涓大败。后公元前 342 年，魏军攻韩，次年齐又救韩，还是采用孙膑的策略，直趋魏都大梁，旋即退兵，诱使魏军兼程追击，在马陵中伏兵大败，庞涓自刎。

赵武灵王胡服骑射

赵国的东西两面，有着“东胡”“林胡”“楼烦”号称“三胡”，都是我国北方的游牧民族，善于骑马射箭。

公元前307年，赵武灵王为了对付“三胡”，不得不抛弃传统的战车，学习对手的长处，开始改革军制，实行“胡服骑射”，建立强大的骑兵队伍。改革刚开始就遭到了官员的反对，赵武灵王面临很大的压力。他找到前朝元老肥义商谈，肥义深明大义，对他进行鼓励和支持，这就坚定了赵武灵王改革的决心。于是，他自己首先穿起了胡服。在他的影响下，朝中官员都纷纷改装。但赵武灵王的叔叔公子成坚决反对，并以下朝的行动消极对抗。赵武灵王派大臣去劝说，公子成托病敷衍。于是赵武灵王亲自到公子成家，对他作了有关军制改革、实行胡服骑射的详尽解释，最后终于说服了公子成。

看到朝中大臣的意见基本一致，赵武灵王便向全国正式发布一律改穿胡服的命令。赵国从此穿胡服，练习骑马射箭，建立起一支新式部队，改变了过去以战车为主要工具的作战方式，战斗力迅速增强。

第二年，赵发动了对周围地区和国家的战争，取得了一系列重大胜利，西到云中，北至雁门，拓地数百里。在这基础上，赵武灵王想进一步吞并秦国，打算从云中，经九原而南，进攻咸阳。这是一次重大的军事行动。赵武灵王认为非自己担任主帅不可,于是他把王位传给太子何,自己号称“主父”。太子何即位,称为惠文王。

赵主父为了攻秦,亲自去秦国了解秦的地形、地势和秦昭王的为人,于是他大胆地化装成赵国使者来到秦都咸阳。他沿途对险要的山隘河湾绘制了细致的图表。

来到咸阳后,他以赵国使者的身份面见了秦昭王。秦王接见回宫后,觉得这个赵国使臣的形态、谈吐、举止都不一般,觉得非常可疑。第二天早晨,便派人去他的住处相请,但这个赵国使臣当天就走了。秦王更加疑虑,马上派人追赶。可派出的人追到函谷关(河南灵宝东北),一问守关的人,赵使早已过去了。秦王又把宾馆里留下来的赵国人抓来审问,才知道是赵主父,不由得又惊又气,也暗暗钦佩赵主父的胆略。同时,秦王也提高警惕,加强了对边境的防范。

赵主父经过实地考察之后,认为秦地险要,秦王精明,也就暂时放弃了攻秦的打算,而致力向北发展。

名人档案

赵武灵王(约公元前340—公元前295年),名雍,战国时期赵国国君,杰出的政治家、军事家、军事改革家。他所推行的“胡服骑射”政策,对于当时和以后中国社会的发展都产生了积极的影响。

由于他侧重于军事上的改革,却淡化政治和经济方面的改革;处理王位问题上感情用事,优柔寡断,酿成了内讧,削弱了国力。尽管如此,他仍不失为一代英才。

赵括纸上谈兵

公元前262年前后，列国兼并十分剧烈。强大的秦国打败楚国后，又大举进攻韩国上党(今山西长治市)。韩国以上党献给赵国求救于赵。赵孝成王即派廉颇率领大军去营救，秦军急于取胜，廉颇却固壁不战。

秦国便派出间谍到赵国施行反间计，散布关于廉颇的流言蜚语，并故意扬言说："秦国最怕赵括领兵。"此时，赵惠文王、蔺相如已相继去世，在位的赵孝成王独断专行，听信流言蜚语，中了反间计，撤了廉颇主将之职，而任命赵括为将。

赵括是赵国名将赵奢的儿子。从小学习兵法，谈论用兵作战之道，自以为天下没人能超过他。他曾和赵奢谈论用兵，赵奢不能说服他，但也不说他好。赵括的母亲问赵奢是什么缘故，赵奢说："打仗，是一件危险的事情，而赵括把它说得很容易。如果赵国不用赵括为将那就罢了，若用他为将，使赵军败亡的一定是他。"

现在，赵括真要领兵为帅了，而他父亲已经死了。赵括的母亲便上书赵王说不能派赵括为将。赵王不听，并答应如果赵括战败赵母不受牵连。

赵括替代廉颇为主将后，立即改变了廉颇所制定的军规条例，又调换了大批军官。

秦国的将军白起听到这个消息，暗自高兴，便针对赵括缺乏作战经验，轻敌骄狂的弱点，制定了诱敌进攻，布置伏兵，分割包围的作战方案。于是，秦军与赵军在长平（今山西省高平西北）展开了一场大规模决战。

战争开始后，赵括急于求成，不顾内部军心不稳，很快出动大军向秦军发动进攻。秦将白起立即命令诱敌部队佯败逃走。同时，另派两支精兵，埋伏在左右两翼，准备包抄赵军后路。赵括不识白起的计谋，看到秦军败退，只管指挥赵军猛追，直达秦军重地。但是，秦军防守严密，赵军无法攻克。这时，秦军阵营鼓声大作，两翼伏兵闻声出击，截断了赵军的退路。白起又派出 5 千轻骑兵，袭击赵军军营，彻底隔绝了赵军主力与军营之间的联系，把赵括的军队分割成两段，分别包围起来。又派了一支部队去切断赵军的粮道，准备长久围困，伺机歼灭之。

赵军被围后，赵括多次指挥将士出战，企图突围，但都失败了。于是，不得不就地筑垒，坚守待援。在秦军的严密封锁下，赵军断粮 46 天，部队互相残杀，以人肉充饥，再也无法坚守下去了。

于是赵括决定拼死突围，但被秦军击退，赵括本人也被秦军乱箭射死。

赵军主将一死，军队无人指挥，再也无心作战，40 万赵军全部向秦军投降。

白起为了从心理上震慑赵人，并防备几十万降卒作乱，下令将 40 万降兵全部坑杀，只放回 240 名幼小的赵卒。

第二年，秦兵围困了赵国都城邯郸，包围两年多，几乎使赵国无法逃脱亡国的下场，幸亏楚、魏诸侯前来救援，才真正解除了邯郸之围。

名人档案

赵括(? —公元前260年)战国时期赵国的将领,其父为赵国名将赵奢。年幼时在其父赵奢的影响下熟读兵书、能言善辩,却无作战经验。赵孝成王六年(公元前260年),赵国中秦国的反间计,用赵括代替廉颇为将,上任后便改守为攻,在长平(今山西高平西北)主动引兵出击,被秦军包围期间曾组织多次突围,但均不成功。被围46天后,赵括在突围时被秦军射死,40余万赵兵投降,后被秦将白起全部坑杀。此役为著名的长平之战。赵括“纸上谈兵”成为千古笑柄。

沛县起义

公元前209年7月，陈胜、吴广率领900名戍卒，在蕲县大泽乡举起了反秦的义旗。消息传到沛县时，沛县令看到形势不妙，如果不采取主动，可能被反秦的群众杀了，所以他就想变被动为主动，也举起反秦的旗帜，在政治上进行投机。

怎样利用县令想叛秦投机起义的这个机会，发动沛县百姓起来，既收拾了县令，又举行反秦的起义呢？萧何、曹参想到了刘邦。于是，他们向县令建议联络沛县逃亡在外的反秦力量，只要镇服他们，就能率领他们参加反秦的起义。

当时沛县逃亡在外的最大一股势力，是刘邦率领的一支百余人的队伍。萧何、曹参早已与刘邦有秘密的联系，他们建议县令让樊哙去找刘邦，县令同意了。

当樊哙把刘邦的一支百余人的队伍领到沛县城时，县令的态度突然发生了变化。他发现萧何、曹参已与刘邦一伙有勾结，怕刘邦一伙来了后，与萧何、曹参联合起来反对自己，因此，他一方面下令紧闭城门，加强防守，不让刘邦一伙进城；另一方面，又密谋杀害萧何、曹参，防止他们与刘邦里外勾结，以绝内患。

萧何、曹参听到县令要杀他们的消息后，就连夜逾城逃出，找到了刘邦。他们在一起分析，认为得设法揭穿县令的阴谋，让城中的百姓知道实情，于是他们决定写一封告沛县父老兄弟的信，用箭射进城去。

城中的沛县父老，看到刘邦的信后，就一下子觉醒了。他们杀了沛县令，然后打开城门，欢迎刘邦的队伍入城，并提出要拥戴刘邦为沛县的新县令。

刘邦与参加起义的首领们一起，在传说中的古代帝王黄帝、蚩尤的像前宣誓，要与秦的统治者决一死战。为了求吉利，他们采用红色的战旗。刘邦很快组织起一支以萧何、曹参、樊哙等为骨干的 3000 人的起义队伍。

刘邦只用了一封信，就占领了沛县。

名人档案

萧何（？—公元前 193 年），西汉初年政治家。沛（今江苏沛县）人。早年任秦沛县狱吏。秦末佐刘邦起义。攻克咸阳后，他收取了秦丞相、御史府所藏的律令、图书，掌握了全国的山川险要、郡县户口并知民间疾苦，对日后制定政策和取得楚汉战争胜利起了重要作用。刘邦为汉王，以萧何为丞相，萧何推荐韩信为大将军。楚汉战争时，他留守关中，侍太子，为法令约束，使关中成为汉军的巩固后方，不断地输送士卒粮饷支援作战，对刘邦战胜项羽，建立汉代起了重要作用。汉代建立后，以他功最高封为侯。采摭秦法，重新制定律令制度，作为《九章律》。又协助高祖消灭韩信、英布等异姓诸侯王，被拜为相国。高祖死后，他辅佐惠帝，惠帝二年（公元前 193 年）卒。

巨鹿之战

陈胜、吴广牺牲后，项梁召集各路义军在薛（今山东滕县东南）计议，并接受谋士范增建议，立楚怀王之孙为王，仍称楚怀王。接着项梁率领起义军大败秦军于东阿（今山东阳谷东北），刘邦、项羽也在城阳（今河南范县城濮城东南）、雍丘（今河南杞县）等地打败秦军，斩杀秦三川守李由。

项梁在取得一系列胜利后骄傲轻敌，被章邯偷袭以至牺牲。章邯破项梁军后，认为楚地农民军主力已被消灭，于是就渡河北上，移兵邯郸，攻击以赵歇为王的河北起义军。赵歇退守巨鹿（今河北平乡西南）。

秦朝派王离率几十万边防军包围巨鹿，章邯在巨鹿以南筑甬道，以运粮供给王离军。赵歇粮少兵单，危在旦夕，乃遣使求救于楚怀王。楚怀王与起义军首领在彭城（今江苏徐州）召开紧急军事会议，决定分兵两路：一路由刘邦率领向西直指关中。另一路以宋义为上将军，项羽为次将，范增为末将，率起义军主力北上救赵。秦二世三年十月，行至安阳（今山东曹县东），宋义屯兵 46 日不进，欲坐观秦赵相斗。十一月，项羽斩宋义。怀王乃任命项羽为上将军。

公元前 207 年 12 月，项羽率起义军到达巨鹿县南的漳水，立刻派遣英布和蒲将军率 2 万义军渡过漳水，援救巨鹿，初战告捷。接着，项羽率领全军渡过漳水，命令全军破釜沉舟，只带三日粮，以示不胜则死的决心，以迅雷不及掩耳之势直奔巨鹿，断绝秦军粮道，包围了王离军队。

项羽的决心和勇气，对将士起了很大的鼓舞作用。楚军把王离的军队包围起来，个个士气振奋，越打越勇。一个人抵得上十个秦兵，十个就可以抵上一百。经过九次激烈战斗，活捉了王离，其他的秦军将士有被杀的，也有逃走的，围巨鹿的秦军就这样瓦解了。

当时，各路将领来救赵国的有十几路人马。可是他们害怕秦军强大，都扎下营寨，不敢跟秦军交锋。等到项羽打垮了秦军，请他们到军营来相见的时候，他们都跪在地下爬着进去，连头也不敢抬起来。从此，项羽实际上成了各路反秦义军的首领。

巨鹿解围后，章邯军退至棘原（巨鹿南），项羽军驻漳水之南，两军对峙，秦军的连续失败使章邯不见信于秦朝廷。项羽抓住时机，派蒲将军击秦军于漳水南岸。接着又亲率大军破秦军于汉水。章邯固守棘原与项羽对峙，派部将司马欣向秦廷告急求援。当时，秦廷赵高专权，猜忌将相，欲杀司马欣。司马欣潜回棘原，劝章邯早图良谋。章邯在降楚、退军之间犹豫不决。项羽派蒲将军率军日夜兼程渡三户津（古漳水渡口，今河北磁县西南），断秦军归路，自率主力大败秦军。在项羽的沉重打击下，章邯进退无路，不得不于公元前 207 年 7 月在洹水南殷墟（今河南安阳）率其部众 20 万投降项羽。

巨鹿之战是秦末农民战争所取得的一场巨大胜利。它基本上摧毁了秦军的主力，扭转了整个战局，奠定了反秦斗争胜利的基础。而项羽以三万破三十万，如此悬殊的战果令无数后世人对其充满了好奇与景仰。巨鹿之战是历史上有名的以少胜多的战例，项羽之所以能取得以少胜多的巨大胜利，其原因除了项羽进行的是反抗秦暴政的正义战争外，项羽在战术上成功地采用了我国兵法上传统的“置之死地而后生”的战法，是一个重要原因。

名人档案

项羽（公元前 232—公元前 202 年），名籍，字羽，原楚国人。出生于名将世家，精通兵法，武艺高强。因祖父项燕为秦所杀，而立下反秦之志。公元前 209 年与叔父项梁杀秦会稽郡守殷通，在吴（江苏苏州）起义，并击败秦将章邯。项梁战死后，章邯围困赵地义军。项羽杀死宋义，率军渡过漳水，在巨鹿之战中摧毁秦军主力。接着挥师西进，攻破函谷关，屯军灞上，举行鸿门宴，自称西楚霸王，大封诸侯，俨然成为天下的共主。不久，他焚烧咸阳，率军东归，与刘邦展开了长达 4 年的楚汉战争。后在垓下被刘邦打败，在乌江（今安徽和县东北）自刎。

彭城之战

彭城之战是刘邦和项羽之间第一次大规模的军事交锋，项羽先败后胜，刘邦先胜后败。

刘邦在稳定了关中一带的统治后，就于汉王二年(公元前 205 年)4 月，率领塞王、翟王、河南王、魏王、殷王等五诸侯的人马，合计 56 万的大军，浩浩荡荡地东进讨伐项羽。大军在经过外黄的时候，又有彭越的 3 万人参加，军队人数达到了近 60 万。

当时项羽率主力军正在东部与齐国的军队作战，后方彭城一带很空虚。当他听到刘邦率大军东进的消息，思想上轻敌麻痹，认为刘邦一时攻不到彭城，想用速决战击败齐国后，再回击刘邦。可是由于他在齐国的残暴政策，引起齐国人民的坚决反抗，在城阳久攻田横不下，结果刘邦乘虚一举攻占了彭城。

刘邦占领彭城后，为自己取得的巨大胜利所陶醉。他没有想到，攻占彭城并没有消灭项羽的主力，对项羽在齐国的力量失去了警惕。

可是项羽的头脑还是清醒的。当他在齐国的前线听到刘邦攻占彭城的消息后，并没有惊惶失措。他让部将继续围攻困守城阳的齐军，自己亲率三万精兵一早从萧县出发，虽然受到刘邦军队的一些零星阻击，但中午就到达了彭城。刘邦率诸侯军仓促应战，这支军队虽然比项羽的军队多近20倍，但都是些乌合之众，身上又都带着不少劫掠的财宝，当然敌不过项羽的这支精兵。所以一交战，刘邦军就大败，溃不成军。

刘邦的军队在一片混乱的情况下，匆忙从彭城撤退，因为号令不一，大家争相逃命，在抢渡彭城附近的谷水时，被项羽军拦击，死亡10多万人。刘邦的军队再向彭城南郊的山区撤退，项羽的军队追到灵璧东的睢水上，趁刘邦军仓促渡河时加以阻击，刘邦军队又大乱，互相在水中踩死挤死者不计其数，有10余万具尸体把睢水堵塞，河水为之不流。

项羽把刘邦围困在睢水旁。刘邦的残兵败将，士气十分低落，没有斗志，人人只顾逃命，处境十分危险。这时突然刮起一阵西北狂风，飞沙走石，天昏地暗，拔树倒屋，伸手不见五指，围困刘邦的项羽军一阵混乱，刘邦趁机带领数十骑突围而出，向北逃到自己的家乡沛县。

在彭城之战中，从战术上来说，双方都十分轻敌麻痹，所以刘邦攻占彭城很容易，项羽击败刘邦收复彭城也没有费劲。双方经过这一次交锋，才直接认识到对方的力量，从此都把对方看成是自己的主要对手，双方全面展开了争天下的斗争。失败的教训，使他们在战术上都变得谨慎，不敢再轻视对方，因而战斗也更加持久和残酷了。

名人档案

刘邦（公元前256年—公元前195年），中国历史上第一位布衣皇帝。早年任亭长。后响应陈胜、吴广起义，自称“沛公”，后先项羽入关，攻克咸阳，项羽怒，欲杀刘邦，刘邦巧赴鸿门宴，被封于巴蜀。他养精蓄锐，拜韩信为帅，暗度陈仓，反攻项羽，后经4年大战，最后打败项羽，项羽乌江自刎而亡。刘邦统一全国，建立汉朝。刘邦称帝后，恢复和发展生产，并先后杀死韩信、彭越、英布等异姓王，大封同姓王，巩固了政权。

背水一战

公元前204年，韩信平定魏地以后，奉命攻打赵国。他与张耳一起率领九万人马，准备向东突破井陉这一重要战略关卡。

但是赵王歇和成安君陈余听说汉军要来袭击，早就把军队集结在那里，号称20万之余，筑成了坚固的壁垒。

这时广武君李左车向成安君陈余献计，根据井陉这条道路车辆不能并行，骑兵无法排成行列，运粮队伍必然会远远落在后面，乘机可以组成突击部队拦截，使敌军进退两难，可迅速消灭。

成安君陈余是个呆板的人，经常宣称正义的军队不使用欺诈的方法，他认为韩信兵力实际不多，又远道跋涉，已经很疲惫，如避而不去，诸侯更会笑话我们胆怯，于是没采纳广武君的建议。

韩信在进军前曾派人到赵营进行侦察，探听到广武君的建议没被采用的消息，非常高兴，就大胆率部队进入井陉狭道，在离井陉口30里的地方宿营。半夜，韩信突然传令出发，他挑选了两千名轻装的骑兵，每人拿一面小红旗，从小道上山，以山作掩护隐蔽起来，准备等赵军倾巢而出追赶汉军时，快速突入赵军营垒，拔掉赵军的旗帜，插上汉军的红旗。

韩信对手下的军官们说："赵军已抢先占据了有利地形，建造了营垒，在他们没有发现我军主将旗帜和仪仗时，是不会出击我军先头部队的，因为他怕我军临险遇阻而退却。”于是，韩信派先头部队一万，出井陉，摆开阵势。

天亮以后，韩信打起主将的旗号，带着主将的仪仗队，大吹大擂地前进，一直开向井陉口。赵军见汉军已经集结布阵，主将已到，就打开营垒发动猛攻。

激战了很久，韩信、张耳假装战败，抛弃仪仗旗鼓，奔向河边阵地。河边的部队打开营垒放他们进去，然后又和赵军激战。赵军果然倾巢而出，争夺汉军的仪仗旗鼓，追逐韩信、张耳。但汉军背水为阵，决心拼死奋斗，赵军无法把他们打败。

这时韩信派出去的那两千名骑兵，等到赵军全部出动，争先恐后抢夺胜利品的时候，冲入赵军营垒，拔掉赵军的旗帜，插上两千面汉军的红旗。

赵军久战不能取胜，又捉不到韩信等人，就打算暂时退回营垒。可是回军时，发现自己的营垒都是汉军的红旗，顿时队伍大乱，士兵纷纷逃跑，赵军将领斩了些逃兵但仍禁止不住。汉军乘势前后夹击，把赵军打得大败，俘虏了大批人马，在泜水上斩了成安君陈余，活捉了赵王歇。

在追击赵军时，韩信传令军中不要杀害广武君李左车，有能活捉他的赏给千金。于是有人拥着广武君送到主将帐前。韩信见了，忙给他松绑，请他东向坐，像对待老师那样对待他。

战斗结束，将领们呈献敌人的首级和俘虏向韩信祝贺，并问韩信：“兵法上忌背水为阵，而将军竟胜利在握，是何战术？”韩信说：“这同样是兵法上的‘置之死地而后生’。这次作战非久经训练之人，不如此则难取胜。”

这次韩信破赵，又进而征服齐地，最后完成了对项羽的战略包围。

名人档案

韩信(？—公元前196年)，汉初军事家。淮阴(今属江苏)人。陈胜、吴广起义后，韩信始投项梁，继随项羽，后从刘邦。汉高祖元年(公元前206年)，经丞相萧何力荐，始为大将，协助刘邦制定了还定三秦以夺天下的方略。楚汉战争期间，韩信率兵数万，开辟北方战场。破魏之战，针对魏军部署，佯作正面渡河之势，暗从侧后偷渡，攻其不备，俘获魏王豹。井陉之战，背水为阵，使将士死地求生，人自为战，大破赵军。潍水之战，借助河水，分割楚军，将齐、楚联军各个击灭。汉高祖四年二月，被封为齐王。参与指挥垓下决战，击灭楚军。韩信熟谙兵法，战功卓著，为汉王朝的创建作出了重要贡献。其用兵之道，为后世兵家所推崇。刘邦虽用韩信而心存疑忌，故在项羽败亡后，即夺其兵权，徙为楚王，继又黜为淮阴侯。吕后知刘邦疑忌韩信，乃与萧何定计，于汉高祖十一年正月诱韩信至长乐宫，以谋反罪名杀之。韩信著有兵书三篇，已失传。

垓下之围

刘邦等到韩信、彭越、英布等援军到达固陵后，就对项羽发动了攻势。项羽的军队退守垓下（今安徽灵璧县南），项羽兵疲粮尽，汉王刘邦和各路诸侯军把他重重包围。

项羽这时只有不到 10 万的军队，而韩信就率军达 30 万。刘邦让韩信为前锋，韩信的部将孔熙和陈贺为左右军，刘邦居阵中，周勃断后。韩信先率军向项羽进攻，战斗不利，暂时退却。这时孔熙和陈贺率左右翼的军队又向项羽进攻。项羽军迎战不利，韩信趁机率前锋军又反攻，项羽军战败，只得坚壁据守垓下。刘邦的军队借助自己数量上的优势，将项羽的军队重重包围起来。

刘邦为了动摇项羽的军心，找了一批会唱楚国地方民歌的将士，让他们夜里在军营中大唱楚歌。夜晚，项羽在营中忽然听到四面的汉军都唱着楚歌，不觉大惊失色，说："难道汉军已经完全征服了楚国？为什么有这么多的楚人唱歌！"

项羽心烦意乱，不能入睡，于是半夜起身，在帐中饮酒。

项羽有一个喜爱的美人姓虞，常跟随在他的身边；有一匹骏马名骓，是他常骑坐的。这时美人虞姬和名马骓，都在他身边。他突然有一种凄凉的感觉，不禁慷慨悲歌起来："力拔山兮气盖世，时不利兮骓不逝。骓不逝兮可奈何，虞兮虞兮奈若何！"项羽歌唱，美人应和。虞姬唱道：汉兵已略地，四面楚歌声。大王意气尽，贱妾何聊生。

虞姬唱完这首歌，就在项羽面前自杀身亡。项羽抚摸着虞姬的尸体，痛哭不已。项羽对自己的处境虽然很绝望，但他绝不是一个束手就擒的将军。他骑上自己的名马骓，带领能跟随他战斗的骑兵 800 多人，连夜突出重围，向南奔去。

项羽突围渡过淮河，骑马跟随的只有 100 多人了。项羽到阴陵，迷失了方向，向一个种田的老人问路，那人欺骗他说"向左"，结果陷进了沼泽地带，被汉军赶上。

项羽又领兵向东，到了东城（安徽定远东南）只剩下 28 个人了，而追赶的骑兵有几千人。

项羽估计摆脱不了，对跟随的人说："我起兵到现在八年，身经 70 余战，攻无不克，称霸天下。现围困在此，实乃天要亡我，非战之罪。我决心冲杀下去，斩将砍旗，让你们知道这是天要亡我，非战之罪。"于是，项羽把将士分为四队，面向四方。他对将士说："我为你们斩一员敌将。"他命令将士从四面冲下去，约定冲过山的东面，分三处集合。项羽说毕，立即大声呼喊着冲了过去。汉军一见惊慌溃散，他立即斩了一员汉将。

这时赤泉侯扬喜为骑兵将领，追了上来，项羽一见，怒目圆睁，大吼一声，如同巨雷，杨喜竟吓得连人带马倒退了几里地。

项羽和将士们会合在约定的三个地点，汉军不知项羽所在，就将部队分为三部分，重新包围起来。项羽骑马奔驰，又斩了汉军的一个都尉，杀了数十人，再把人马集合起来，清点人数只丧失了两个。项羽对将士们说："怎么样？"将士们都佩服地说："正如大王所说那样。"

项羽打算东渡乌江（安徽和县东北），乌江亭的亭长移船靠岸在那里等待着。他对项羽说："江东虽小，也足以称王。如今只有我这条船在这里，希望大王赶快渡江！"项羽当年率江东 8000 子弟渡江西进，今天没有一人回来，实是愧对江东父老，于是拒绝了亭长要他过江的要求，并将心爱的战马送给亭长。项羽让将士们下马步行，持短兵器交战。单项羽一个人就斩杀了汉军几百人，项羽身上也受了十多处伤。这时他回头看见了汉军的骑司马吕马童，对他说："你不是我的老朋友吗？"吕马童指着项羽对王翳说："这就是项王。"项羽于是说："我听说汉王用赐千金、封万户的重赏买我的头，我送给你做个人情吧。"说罢，就自刎而死。王翳割去项羽的头，其余的骑兵为了争夺项羽的尸体，纵马践踏，互相残杀，死了几十人，争夺的结果，郎中骑杨喜、骑司马吕马童、郎中吕胜和杨武各夺得一份肢体。请功的时候，汉王就把准备封赏的一万户，分做五份，分别分给五人。

项羽 24 岁时，跟随叔父项梁起兵反秦，勇敢善战，屡立战功，成为推翻秦统治的一名主要将领。这位叱咤风云，曾经不可一世的英雄，却在与刘邦争天下中，由优势转为劣势，最后在众叛亲离的情况下，自刎而死。

悬赏捉吴王

周亚夫是绛侯周勃的儿子，以善于用兵、治军严整而闻名。他作为绛侯的继承人而被封为条侯。

公元前158年，匈奴结集了重兵，大规模地进犯汉朝北部边境。汉文帝任命宗正（官名）刘札为将军，驻军灞上；任命祝兹侯徐厉为将军，驻军棘门；命令河内郡守周亚夫为将军，驻军细柳，命令他们分别守卫京城长安附近三个战略据点，防备匈奴进攻。

文帝为了鼓舞士气亲自去慰劳军队，来到灞上和棘门军营的时候，劳军的车驾都是长驱直入，毫无阻拦，将军以下的军官都骑着马迎进送出。但文帝来到细柳军营，情况就大不一样：军官和士兵都披着铠甲，手里拿着擦得雪亮的刀枪，张开了弓搭上箭，真是戒备森严。

文帝的先行官吏来到营门，门卫不让他们进去。于是，文帝派使者拿了符节凭证进营去向将军周亚夫传诏令。这时，周亚夫才下令打开营门，放车驾进来。进去以后，守卫营门的军官不许车马在军营内奔跑。文帝只好吩咐放松马的缰绳，慢慢地走着。

文帝来到中军营帐，只见将军周亚夫全副戎装，手执兵器，威风凛凛地站在那里。他见了文帝，只拱手表示欢迎，以军礼朝见皇上。文帝大为震动，在车上严肃地进行答礼。

过了一个多月，这三路大军都撤除了，文帝就任命周亚夫为中尉，负责京城的治安。后来人们就把纪律严明的军营称为“细柳营”。

汉文帝很赏识周亚夫，临终的时候，嘱咐太子刘启说：“假如国家遇到紧急事故，周亚夫确实能担当统率军队的重任。”文帝去世，刘启继位，称为景帝。景帝任命周亚夫为车骑将军。

公元前 154 年，吴、楚等七个诸侯国联兵发动叛乱，景帝派遣周亚夫率军东进平叛。行前，周亚夫向景帝请求：“楚军剽悍轻捷，难于和他们正面争锋。我们可以暂时把梁国舍弃给吴国，然后断绝敌军粮道，方可制服它。”

周亚夫将部队集结在荥阳。当时吴军正在攻打梁国，梁国非常危急，请周亚夫派兵救援。但周亚夫却领兵向东北进发，在昌邑深沟高垒，修筑起坚固的防御阵地，准备坚守。梁国天天派使者去请求发兵，周亚夫按照既定的策略，没有同意。梁王为此上书景帝，景帝派使者去给周亚夫下达命令，要他率兵救梁。周亚夫没有听从这样的瞎指挥，仍然坚守营垒不肯发兵。与此同时，周亚夫派弓高侯韩颓当率领轻装骑兵去断绝吴、楚军队的粮道。吴军缺乏粮食，士兵饥饿，多次挑战，周亚夫始终不予理睬。后来，吴军把部队调到汉军的东南角，周亚夫却在营垒的西北角加强戒备。不久吴的精锐部队果然扑到西北角发起猛攻，可是无论如何也打不进去。吴军因为饥饿，不得已引军撤退。周亚夫于是立即派精锐部队追击，将吴军打得大败。

吴王濞丢弃自己的军队，只得带着几千名将士逃到长江以南的丹徒县进行防守。周亚夫在乘胜追击中，全部俘虏了吴国的将士，并悬赏黄金千斤捉拿吴王。一个多月后，越地的人杀了吴王，割下他的头前来报告请赏。

由于周亚夫的善于用兵，治军严谨，前后只三个月，就平定了吴、楚七国的叛乱，从而维护了西汉王朝的统一。

名人档案

周亚夫（？—公元前143年），汉朝军事家。汉初大将周勃的儿子，继承周勃的爵位，被汉文帝封为条侯，以治军严谨著称。在七国之乱中，他统帅汉军，三个月平定了叛军。七国之乱平定后，周亚夫继续担任太尉，后又被任命为丞相。周亚夫生性耿直，因太子废立和皇后兄王信封侯问题上同景帝意见不一致，加上梁王在窦太后面前不断的攻击，逐渐失宠。后儿子为周亚夫准备后事，购买了一些盔甲，被告发，并牵连到周亚夫。周亚夫看到无法摆脱冤狱，绝食5天后吐血而死。

布疑云虎口逃生

汉武帝时，飞将军李广带一百多名骑兵单独行动，路上望见匈奴骑兵有几千人。匈奴看见李广等只有一百多骑兵，以为是诱兵之计，都很惊疑，于是奔驰到山地摆好阵势。李广的部下毫无准备，遇见多于自己几十倍的敌人都很恐惧，想要驰马逃回。

李广说："我们离开自己的大队人马已数十里，如果现在这样逃走，匈奴人必然追射我们，那就会被他们消灭。如果我们留在此地，匈奴人就会认为我们是大军的诱饵，不敢出击。"

于是命令所有骑兵："向前进！"一直行进到离匈奴阵地二里的地方才停下来。李广又命令说："都解下马鞍，原地休息。"手下的骑兵焦虑地问，"敌人众多，而且离得很近，万一有事，我们怎么办？"李广答："那些匈奴人是预计我们往回走，然后好来追杀，现在我们偏要解下马鞍表示不走。"果然匈奴骑兵未敢出击。

这时，胡人方面走出一个骑白马的将领，试图监视他的兵，李广立即上马，与十几骑兵，驰马奔射，杀死了白马将，然后又回到原处解下马鞍，命令士兵都纵马而卧，等到天快黑了，胡兵始终感到很奇怪，不敢出击。半夜时分，匈奴人担心埋伏的军队要夜袭他们，于是全部撤离。

第二天清晨，李广带领百余人，悄然平安返回大军。

名人档案

李广（？—公元前 119 年），西汉名将，陇西成纪人。公元前 166 年，匈奴大举入侵边关，李广少年从军，抗击匈奴。他作战英勇，杀敌颇众，使汉文帝大为赞赏。九年后，汉景帝即位，李广升为骑郎将，成为景帝身边的禁卫骑兵将军。吴王、楚王叛乱时，李广以骁骑都尉官职跟随太尉周亚夫出征平叛，在昌邑城下夺得叛军军旗，立下显赫战功。诸王叛乱平定后，李广调往上谷、上郡、陇西、雁门、代郡、云中等西北边陲做太守，抗击匈奴的入侵。

公元前 119 年，李广以 60 多岁的高龄随大将军卫青率军出击匈奴。因迷路失单于，李广“终不能复对刀笔之吏，遂引刀自刭”。

昆阳大捷

西汉后期，外戚王莽篡权，推行新政，造成社会混乱，民不聊生，各地纷纷起义。刘秀等一批西汉贵族也参加起义，同各路农民军一起反对王莽政权。

公元22年初，起义军把矛头指向王莽政权的重镇宛城。宛城是南北交通的要道，战略地位十分重要。这时，起义军拥立刘姓宗族刘玄为皇帝，起义军称为汉军。刘玄命令王凤、刘秀领兵攻下宛城附近的昆阳、定陵、堰城，再率主力部队攻打宛城。

由于昆阳是通向宛城的必经之路，王莽决心夺回被汉军占领的昆阳。他在洛阳集结重兵43万人，号称百万，向昆阳进军，队伍前面还有一群猛兽呼啸吼叫，声势极为浩大。

这时守卫昆阳的汉军仅八九千人，明显地处于劣势。守将王凤自知兵力对比悬殊，便派得力将领出城求援。王莽大军在司空王邑、司徒王寻率领下把昆阳城团团围住，决心把守城汉军全歼在城内。与此同时，被汉军包围的宛城终因外无援兵、内无粮食，被汉军攻破。

三天后，出城求援的汉将李轶、刘秀率援军赶到。宛城已被攻克，但消息尚未传到，双方对此均不知晓。为了鼓舞汉军士气，刘秀制造出宛城已被攻克的消息，派人报送昆阳城内，并故意让王寻、王邑知道。然后，刘秀率援军进攻，王寻、王邑派数千人迎战。但刘秀散布的宛城已克的消息，使王莽军队的士气低落，刚一和汉军交锋就败下阵来，死伤近千。

本来，王莽的几十万大军就已围攻昆阳20余天，久围不下，加上这次失利，将士的情绪更加沮丧。刘秀认为时机已到，率3000士兵组成敢死队，绕到城西，居高临下攻击王寻、王邑的中军大营。王寻、王邑见刘秀兵力不多，只率万余人列阵迎战，又命其他各营严守阵地，不得擅自行动。刘秀指挥汉军拼死冲击，王寻、王邑阵营大乱，其他各部又碍于命令不敢援救。激战中王寻战死，莽军伤亡惨重。这时，昆阳城内守军在王凤带领下出城参战，汉军两面夹攻。昆阳城外的王莽军队以为攻克宛城的汉军大军已经赶到，顿时大乱，互相践踏，四散逃命，死者不计其数。恰在这时风雨大作，昆阳城北的川河水猛涨，逃跑的莽军士兵淹死数万。王邑等少数轻骑渡河逃走。这样，在刘秀的指挥下，汉军以极少的兵力，击溃了王莽的数十万大军。

昆阳大捷，从根本上摧毁了王莽的主力，王莽的统治迅速瓦解，不久便被东汉王朝取而代之。

名人档案

刘秀（公元前6—公元57年），字文叔，即汉光武帝，东汉王朝的建立者。西汉皇族。地皇三年（公元22年），农民起义军烽起，刘秀从其长兄在舂陵（枣阳）起兵，击杀王莽南阳守将，又击败王莽大将严尤、陈茂，进军围宛，声势大振。后又取得了历史上的“昆阳之战”的胜利，使王莽的主力丧失殆尽，为汉室中兴打下基础。公元 25 年，刘秀称帝，史称东汉光武帝，改元建武，定都洛阳。建武三年（公元 27 年），农民起义军全部被刘秀消灭了。建武十一年（公元 35 年），先后削平豪强割据武装，恢复了中国的统一。

为了巩固政权，光武帝在位期间多次下令释放奴婢和禁止残害奴婢。限制豪强霸占土地，减轻赋税，免除部分县的徭役，兴修水利。对各级官吏实行考察黜陟，罢免贪官，改任良吏，精减官员，裁并四百余县。在中央则加强尚书职权，在地方废除掌握军权的都尉，以加强中央集权的政治体制。因此，使战乱之后的社会生产得到一定程度的恢复，史称“光武中兴”。

巧设增灶计

东汉时，居住在陇西一带的羌人屡次发动起义，反抗汉朝的统治。为了安定这里局势，朝廷任命虞诩为武都太守，武都一带的羌人听到这个消息以后，马上聚集了数千人，屯在去往武都的必经之路陈仓崤谷之间，阻止汉朝派来的太守赴任。道路不通，虞诩只得在陈仓附近停下来。当时，虞诩只带了一些护送的士卒，人数远远少于羌人。虞诩便让手下散布说，他已经向京师上书，请求增加援兵，援兵一到，就向武都进发。羌人听见这个消息，以为虞诩因为兵少胆怯，暂时不敢过陈仓，就分兵到附近的州县去抢掠。于是，虞诩借羌人分散的机会，连夜进发，赶了100多里路。当羌人得知虞诩过了陈仓之后，已经来不及了，只好在后面紧紧追赶。过了陈仓之后，虞诩便让士兵在做饭时每人挖两只灶，每过一天增加一倍，并且以每天200里的速度行进。羌人察看虞诩军队驻过的地方，发现灶坑逐日增多，以为汉朝的援兵已经来了，就不敢迫近虞诩及其众人。这时，有人问虞诩："过去，孙膑减灶，而你却增灶；兵法上说日行不过30里，而你却带军队行军200里，这是为什么？"虞诩说："敌人众多，我们兵少，如果行军缓慢就要被他们追上，急行军是不让他们知道我们的虚实。孙膑减灶，是为了使人认为他兵力少，我们增灶，是为了使人知道我们兵力多，形势不同，做法也就不同。”

到了武都之后，虞诩发现，郡中的兵力不满 3 千，而羌人数万包围了城外不远的赤亭，情势十分紧急。虞诩便让士卒把强弓藏起来，而用小弓向羌人放箭。羌人看到箭的力量很弱，就不把虞诩的军队放在心上，全力向赤亭发起进攻。当羌人全部暴露以后，虞诩让士卒把强弓拿出来，每 20 支箭瞄准一个人，箭无虚发，羌人大惊，急忙停止了攻击。第二天，虞诩派一队士卒从城东出，从北门入，换了衣服以后，再从北门出，从东门入。城外的羌人看到汉兵来来往往，不知城内究竟有多少军队，便打算全军撤退。这时，虞诩料到羌人要撤退了，派出 500 人在其归路上设下埋伏。在羌人撤退的时候，这些伏兵突然发起攻击，取得了很大的战果。

名人档案

虞诩（？—公元 136 年），东汉将领。字升卿，武平（今河南鹿邑西北）人。长于谋略，初拜郎中。后任朝歌（今河南淇县）长，曾镇压当地农民起义。元初二年（公元 115 年），羌族复起兵大败汉军。虞诩献计改编汉军，告示部卒每 20 人可购马一匹代役，编成骑兵 1 万，击败羌兵。虞诩为官，屡忤权贵，数遭刑罚，曾官至尚书令。永和初年（公元 136 年）卒。

欲擒故纵

韩忠率领黄巾军10万人占据着宛城。皇帝下诏书让朱儁带领8000人去讨伐韩忠。朱儁建立了防御工事,堆起了土山,从山上察看城内的情况,然后击鼓攻打城的西南方向。

韩忠的全部兵力赶往城西南,朱儁亲自带领5000名精兵,乘其不备袭击了城的东北,登上城墙进入外城。韩忠只好退守内城,并惊慌地要求投降。

当时司马张超等人商量,想同意韩忠投降,朱儁说:"不行!现在天下统一,只有黄巾谋反,接受了其中的投降者只会助长反叛的事继续发生,这不是长久之计。"他们又进攻得很急,但不能战胜韩忠。

朱儁就登上土山,远望内城,回头对张超说:"我知道原因了,我们在城外修筑的外围工事周密而坚固,敌人求降不成,欲出不得,所以就拼命死守。我们不如把外围工事撤除,全部军队进入外城,韩忠军队见外围工事撤除之后,势必自己从内城中跑出来,想夺路而逃。一旦他们出了内城,斗志就会涣散。这是一种比较容易打败敌人的方法。"

朱儁军队撤除了外围之后,韩忠的军队果然从内城中出来了,朱儁乘机出去，大败韩忠军队。

名人档案

朱儁（？—195 年），字公伟，东汉上虞人。幼年丧父，靠母贩丝为生。年少时轻财好义，解人急难，并以孝闻名。初为县书佐，后任会稽主簿。太守徐圭推荐为孝廉，升任兰陵县令。灵帝光和元年（公元 178 年）为交阯刺史，以平息叛乱有功，封为都厅侯，后又任谏议大夫。黄巾起义时，各公卿多推荐朱儁有才略，被任命为右中郎将，持节，与左中朗将皇甫嵩镇压颍川、汝南、陈国等地黄巾军，以功进封为西乡侯，升任为镇贼中郎将。后又围攻南阳赵弘、韩忠、孙夏等黄巾军，任命为右军骑将军，封钱塘侯。黄巾起义后，朱儁又升任为城门校尉、河南尹。董卓专权时曾发兵讨董卓。后郭汜与李榷互相攻杀，汉献帝派朱儁至郭营劝和，被留作人质。儁素刚烈，即日发病，死于郭营中，葬于洛思山，其子孙世守不去，自此翔凤村朱氏起家。

官渡决战

曹操虽然在白马、延津两战中获胜，却没有改变劣势的处境。袁绍仍有近十万大军，曹操只有三四万人，而且袁军供给充足，曹军粮食不足。因此，袁绍不顾两大战败，仍继续前进。当年 7 月，袁绍率军到达官渡以北的阳武，安营扎寨，准备进攻。9 月，曹军出击未能获胜，曹操便改变战术，筑起深沟高垒，固守阵地，拒不出战。两军相持几个月，仍无结果。

这时，曹操军中粮食将尽，想退守许都。他写信给留在许都的谋士荀彧商量计策。荀彧认为，两军对垒，先退者势屈，劝曹操坚守下去，寻找战机。他还认为，袁绍兵力虽强，但不会用兵。曹操接受了这个建议。一日，曹操从一个俘虏口中得知，有勇无谋的袁军将领韩猛正押运一队粮食前往官渡，立即派人截击粮队，烧毁了几千辆运粮车和大批物资。10 月，袁军又运去一万多车粮食，屯集在官渡东北的乌巢。袁绍虽然派了一万人去护卫，但并未采取进一步的防范措施。

为打破两军对峙的僵持局面，袁绍的另一位谋士许攸建议，趁曹操的主力部队集结官渡，许都空虚之机，派一支轻骑走小路夜袭许都，如能成功，占领许都，得到汉献帝，曹操必然坚持不下去；如果攻不下许都，也可以迫使曹操回援，使其疲于奔命。但袁绍自认为实力强大，不把曹操放在眼里，拒不采纳这个建议。许攸感到袁绍如此自大，不懂战术，必定被曹操所败。恰在这时，许攸的家人犯法被袁绍手下的人拘捕。许攸一怒之下，投奔曹操。这时，曹军粮食只够用一个月了，曹操正为此发愁，听说许攸投奔而来，非常高兴，来不及穿鞋便跑出去迎接。许攸告诉曹操，袁军在乌巢囤积大批粮食，劝曹操偷袭。曹操立即带五千精兵，装扮成袁军，每人带一把干柴，趁夜色抄小路前去袭击。

曹军顺利到达乌巢，点燃粮囤。袁军守将淳于琼大惊失色，但又不敢迎战，直到天明，见曹军人数不多，才敢出击，结果大败而回。袁绍远在 40 里外的武阳，也看见乌巢起火，知道是曹操进攻乌巢的粮屯。但他不但不派兵援救，反而认为这是袭击官渡、歼灭曹军主力的大好机会，于是派军队连夜攻打官渡。

曹营坚固，袁军久攻不下。这时，曹操在乌巢打败了淳于琼，焚毁了一万多车粮食，回师官渡。带领袁军攻打官渡的张命见败局已定，向曹操投降。乌巢粮屯遭袭击被烧毁的消息传到袁营，营内顿时大乱。曹操乘势率军出击。袁军未战先乱，不敌曹军的进攻。袁绍在慌乱中带八百骑兵向北逃走。袁军失去统帅，四散逃亡，七万多士兵投降曹操后被杀。

官渡决战，曹操以劣势之师打败袁绍，奠定了统一北方的基础。

名人档案

曹操（公元 155—220 年），即魏武帝。三国时政治家、军事家，诗人。字孟德，小名阿瞒，谯（今安徽亳县人）。东汉末年，在镇压黄巾起义中，逐步扩充军事力量。初平三年（公元192年）占据兖州，分化、诱降青州黄巾军的一部分，编为“青州兵”。建安元年（公元196年）迎献帝，都许昌（今河南许昌东），挟天子以令诸侯，先后削平吕布等割据势力。官渡之战大破军阀袁绍后，逐渐统一了中国北部。建安十三年，进位为丞相，率军南下，被孙权和刘备的联军击败于赤壁。后封魏王。子曹丕称帝，曹操被追尊为武帝。

赤壁之战

官渡决战以后，曹操进一步消灭了袁绍，统一了北方，公元208年，曹操又挥师南下，准备统一全国。这一年八月，原来占据荆州的东汉皇族刘表病故，其子刘琮继位。9月，刘琮不敌曹操，束手投降。原来投靠刘表的刘备，带领两万人退守夏口。曹操率军20万人，号称80万，直逼夏口。刘备自知单靠自身的力量抵挡不住曹军的进攻，在危急之中派遣诸葛亮前往江东，以便联合孙权共同抗曹。孙权深知，曹操的力量强大，如果荆州被曹军攻占，江东也难以保全，于是派周瑜、程普、鲁肃率3万军队前去同刘备共御曹操。曹操自恃实力雄厚，率水军自江陵顺长江而下。

曹操的军队原来一直在北方作战，士卒也大多是北方人，擅长陆地作战，不习水战。但到了南方，受地理条件的限制不得不下马上船。而且曹操的大军远道而来，水土不服，易生疾病。这样，曹军的实力难以充分发挥出来。东吴的水军训练有素，战斗力量，水战正好可以发挥自己的长处。因此，孙刘联军虽然处于劣势，但孙权与刘备都深信联合抗曹必胜。

10月，曹操的大军在赤壁与孙刘联军相遇。初次交锋，曹军不利，于是退到江北，与孙刘联军隔江对峙。曹军的战船虽多，但多数船只较小，为了防止船只遇风浪不稳，便用铁索把舰船连锁在一起。正在加紧备战的孙刘联军见此情形，认为有机可乘。

于是，定下计策，派遣周瑜的部将黄盖带船过江，假装投降曹操。黄盖带来的十艘艨艟斗船，都装满了油、草，顺风驶向曹军。曹军见是前来投降的，也不加防备，当船造近曹军的战船时，各船同时放火，风助火势，很快便引燃曹军的战船，而且越烧越大。曹军的战船本来是用铁索连在一起的，一时无法拆开，火势迅速蔓延，曹营顿时成了一片火海。这时，孙刘联军分水陆两路同时发起攻击，曹军全线崩溃，曹操被迫逃走。

赤壁大战，孙刘联军借助有利的风向，巧妙用兵，大败曹军，使曹操统一全国的梦想遭受严重挫折。经过此战，基本上奠定了魏（曹操）、蜀（刘备）、吴（孙权）三国鼎立的局面。

名人档案

刘备（公元 161—223 年），字玄德，河北涿县人，自称是汉景帝之子中山靖王刘胜的后代。三国蜀汉开国君王。东汉灵帝末年，与关羽、张飞一道镇压黄巾军有功，遂为安喜县尉。密诛曹操不成，潜逃。三顾茅庐始得诸葛亮辅佐。后与孙权联合大败曹操于赤壁，从东吴处“借”到荆州，后取得益州与汉中，自立为汉中王。公元 221 年，于成都即位称帝，国号汉，年号章武。伐东吴兵败，损失惨重，退回白帝城，因病崩逝，享年 62 岁，谥号昭烈帝，史称为刘先主。

孙权（公元 182 年—252 年），三国时期吴国大帝。19 岁继承了其兄孙策之位，力据江东，击败了黄祖。联合刘备，在赤壁大战击溃了曹操军。后来又和曹操军在合肥附近鏖战，并从刘备手中夺回荆州、杀死关羽、大破刘备的讨伐军。曹丕称帝后孙权先向北方称臣，后自己建吴称帝，迁都建业。他重视农业生产、兴修水利、发展造船业、连通台湾、积极和印度等国外交、多次减免赋税，促进了东南地区经济的发展。

空 城 计

诸葛亮出兵伐魏以后，屡战屡胜，一举夺得安定、天水、南安三郡。可是，由于错用言过其实的马谡，失去了街亭，被魏军扼住了汉中咽喉。诸葛亮听到街亭失守的消息以后，抚膺大哭，说："我不如先帝之明，重用此人，这是我的过错。事已至此，只有勒兵而退了。"于是便派关兴、张苞到武功山一带设疑兵，命姜维带领大军先行，诸葛亮自己断后。

姜维等人离开以后，诸葛亮未及动身，司马懿大军便来到城下。当时，城中仅剩下老病军士几千人，文官几十员，情势危急，诸葛亮便让军士尽撤去城关旗帜，敞开四门。诸葛亮本人则坐在城楼上焚香鼓琴。司马懿到了城下以后，诸葛亮就像没看见一样，镇定自若。

司马懿见状，恐怕诸葛亮有诈，便慌忙引军退走。司马懿的儿子司马昭说："诸葛亮这样做，一定是城里没有军队，以此来迷惑我们，我们应该攻进城去。"司马懿说："诸葛亮生来谨慎，怎么能做这样冒险的事呢？如果我们进城，正中了他的计。"于是，领着军队离开了城下。

司马懿离开以后，诸葛亮迅速地带领文官和老弱军士离开了这里。

过后，司马懿觉悟过来，又赶回城中，早已不见诸葛亮踪影。询问城中百姓，果然当时城中无兵，司马懿不禁仰天叹道："我不如孔明矣。"

名人档案

诸葛亮（公元 181—234 年），字孔明，号卧龙，琅琊阳都（今山东沂南）人。诸葛亮早年不得志，结庐于隆中山中隐居待时。公元 207 年，刘备三顾茅庐，诸葛亮出山。诸葛亮精辟地分析了天下形势，提出了统一天下应走鼎足三分，联吴抗曹的道路，也称"隆中对策"。刘备的事业才出现了转机。

公元 208 年曹操率大军南下荆州，诸葛亮说服东吴抗击曹操，取得赤壁之战的胜利，为刘备取得立足之地。刘备称帝后，诸葛亮任丞相。公元 223 年蜀后主刘禅继位，诸葛亮被封为武乡侯，领益州牧。他励精图治，赏罚严明，推行屯田政策，并改善西南各族与蜀汉的关系，有利于当地经济、文化的发展。他曾六次北伐中原。公元 234 年，因积劳成疾，病逝于五丈原，葬于定军山（今陕西勉县东南）。

淝水之战

淝水之战是中国历史上以少胜多的著名战例。

洛涧之战以后，东晋军队和前秦军队在淝水两岸对峙。由于洛涧之战中，东晋军队只是挫败了前秦军队的先锋，秦军的实力仍然远远大于晋军。东晋军队必须趁秦军立足未稳，迅速与秦军决战，否则待秦军大队人马赶到，晋军就难以战胜秦军了。为此，谢玄利用苻坚骄傲轻敌的思想，派人对前秦将领苻融说，双方隔着淝水不便交战，希望秦军能从淝水后退一步，让出一块地方作为战场，以便双方决一胜负。秦军将领认为，前秦军队人数众多，东晋军队人少，应该严密防守，不让晋军上岸。但是，苻坚不同意这种意见，他急于决战，听信了谢玄的使者所说的两军隔河不便交战的说法，答应晋军的要求，打算待晋军渡河未完、立足未稳时出动骑兵突然袭击，一举歼灭东晋军队。

于是，苻坚下令前秦军队向后撤。前秦军队的士兵成分复杂，有许多人是被强迫征集来的各族人民，其中包括许多汉族人。他们都是出于无奈才当兵的，本不想打仗。因此，军心涣散，士气不高。他们听说要后撤，又不明白苻坚下令撤退的意图，以为军队打了败仗，不少人乘机逃跑，苻坚想阻止也阻止不住。这时，东晋军队开始渡河，原东晋降将朱序见此情形，趁机大喊“秦军败了！秦军败了！”前秦军队顿时大乱，退却变成了逃跑。苻融想冲到前面去压住阵脚，但他骑的战马被乱军冲倒，他本人也被晋军所杀。前秦军队失去指挥，溃不成军，争相逃命，自相践踏，死伤不计其数。东晋军队乘机抢渡淝水，穷追猛打。在混乱中，苻坚中箭，只得收拾残兵逃回。一路上，秦兵听到风吹和鹤鸣的声音，都以为是晋军的追兵，昼夜不敢停歇。时值初冬，天气寒冷，不少秦军因冻、饿、疲劳而死。苻坚的几十万大军损失大半，东晋大获全胜。

名人档案

苻坚（公元 338—385 年），字永固，一名文玉，略阳临渭（今甘肃秦安县东南）人，氐族，苻雄的儿子，苻洪的孙子。7 岁时聪敏好施，举止不逾规矩，8 岁请师在家就学。苻健入关，拜为龙骧将军。苻坚在王猛等人的帮助下诛残虐无度的苻生自立，僭称大秦天王，改元为“永兴”。苻坚继位后图强自立，进行了一系列的整顿和改革，强化王权，使前秦国富民强，出现了汉魏以来少见的清明政治。苻坚遣王猛率将破姜敛岐，基本统一了长江以北中国的领土，结束了黄河流域长期动乱分裂的局面。

公元 378 年，苻坚不听忠告，进攻东晋，东晋谢石、谢玄等率兵 8 万拒秦军，双方战于淝水。结果，前秦军惨败，死亡大半。苻坚也中流矢，单骑至淮北。公元 385 年，苻坚被后秦主姚苌将吴忠杀死于新平佛寺。

李靖西征吐谷浑

吐谷浑是古代鲜卑族的一个部落，唐朝初年渐趋强大，经常袭扰凉州、兰州、岷州、鄯州、廓州一带，威胁河西走廊。唐贞观八年，李世民派大将军段志玄率军出击，击败吐谷浑，迫使其西逃。唐军撤退后，吐谷浑又返回凉州，继续袭扰。为此，李世民决心再次大举征讨。已经告老还乡的65岁老将李靖主动请缨，遂被任命为西海道行军大总管，统率侯君集、李道宗、李道彦、李大彦、高甑生等五路大军西征吐谷浑。

贞观九年闰四月，李靖率军抵达鄯州。吐谷浑可汗伏允闻讯，立即带兵西逃。李靖命令唐军追击，十天后在库山追上吐谷浑军。伏允在库山据险固守，唐将李道宗派遣一千名骑兵秘密迂回到山后攻击，吐谷浑军腹背受敌，溃不成军。

为阻止唐军追击，伏允在逃入沙漠前下令放火烧尽野草。多数唐将认为，过多的草已被烧尽，而且战马消瘦，士兵疲惫，不宜深入追击，不如撤兵休整，等待时机。唐将侯君集持有异议。他认为如不乘胜追击，吐谷浑将来还会卷土重来。李靖同意侯君集的意见，为避免重蹈前几次唐军出击吐谷浑留下后患的覆辙，决定兵分两路，深入追击。

李靖亲率北路军势如破竹，接连击败吐谷浑军，追至伏候路，伏允弃城逃走。李靖命将士继续追击。侯君集、李道宗率南路军，克服重重困难，穿越两千里无人烟的不毛之地，在乌海追上伏允，将其击败。伏允带余部逃脱。

随后，唐军打退了吐谷浑军的反击，翻越积石山，把伏允逼入塔克拉玛干大沙漠。唐将契苾何力带领千余骑兵，在薛万钧的策应下，进入沙漠，追上伏允，歼灭吐谷浑军数千。伏允虽然再次逃走，但终因走投无路而自杀。

同年五月，唐太宗李世民下诏，封伏允的儿子慕容顺为西平郡王。李靖班师凯旋。

名人档案

李靖(公元571—649年)，字药师，著名军事家、政治家。曾任隋马邑郡太守佐官，后归唐，参与平定中原割据势力，南伐萧铣，东讨辅公祏功勋显赫。武德八年(公元625年)，出战突厥，生擒颉利可汗，肃清北境。贞观八年(公元634年)，唐太宗授其为西海道行军大总管，转战千里，平息吐谷浑。贞观十七年(公元643年)绘像于凌烟阁。著有《李卫公问对》3卷、《李卫公兵法》等。前者在宋神宗时被列入《武经七书》，为中国传统军事经典之一。

李光弼收二将

“安史之乱”中，叛将史思明屯兵在河清，想断绝李光弼的粮道。李光弼率领部队渡过野水去防备。

天已黄昏时，部队返归河的南岸。李光弼留下一千人，派将军雍希颢守住栅栏，告诉他：“敌将高延晖、李日越都有万夫不当之勇，千万不要与他交战，如果他们投降，就带他们一块来见我。”众将领对他的话很不理解，都暗暗好笑。后来史思明果然对李日越说：“李光弼长于守城，如今出城在野外，今天晚上你率铁骑出击，为我消灭他，如果不胜，就不要回来。”

李日越带领五万骑兵连夜出发，天亮时到达栅栏下，问：“李司空在吗？”雍希颢说：“昨晚已经走了。”李日越想：“跑掉了李光弼，而只得到雍希颢，我只有死路一条了。”就请求投降。雍希颢与他一起去见李光弼，李光弼对他以礼相待，看作心腹。

高延辉听说后，也投降了李光弼。

为此，有人问李光弼：“降服这两位将军为何如此容易？”李光弼说：“史思明曾怨恨没有野战的机会，听说我出兵在外，以为一定可以胜我；李日越没有抓住我，不敢回去，只好投降。高延辉的才干胜过李日越，听说李日越在我这里受宠被信任，必定想到我这里来争宠。”

名人档案

李光弼(公元 708—764 年),唐代大将。营州柳城(今属辽宁朝阳)契丹人。安禄山反叛,以河东节度使与郭子仪合军收复河北十余郡,并在太原击败史思明。肃宗时任天下兵马副元帅,率军攻安庆绪,为史思明所败。不久攻克怀州。后因受宦官鱼朝恩牵制败于洛阳北邙山。代宗时镇徐州,进封临淮郡王。曾派兵镇压浙东袁晁起义。

刘裕灭南燕

刘裕是南朝宋的创立者。他青年时应募参加北府兵，后成为东晋北府兵的将领。义熙元年（公元405年），刘裕组织北府精锐兵，一举击败桓玄，掌握了东晋的军政大权。刘裕当权后，在经济、政治、军事上，采取了一系列措施，以巩固他在东晋政权中的地位。在此基础上，刘裕建议出兵北进，消灭南燕。

南燕与东晋接壤。战前，南燕曾利用自己骑兵的优势，两次突入东晋腹地掳掠，南燕得知晋军出兵的情报后，决定采取诱敌深入的作战方针。

义熙五年四月，刘裕率兵10余万自建康（今南京）出发，所经之处皆筑城堡，分兵留守，以防南燕骑兵袭击和切断后路。当晋军抵达南燕的境内的琅琊时，发现南燕守军不战而走，刘裕识破燕军此举意在诱我深入，以便靠临朐（今山东临朐）、广固等坚城，在平坦地区同晋军决战。刘裕决心将计就计，北越大岘山，南捣南燕腹地，以车制骑，消灭南燕。

6月12日，晋军到达东莞（今山东），越过大岘山。

刘裕在与南燕军队交战前，仔细分析了敌我双方兵力上的特点，认为燕军向来以骑兵称雄，在平原地区作战，骑兵的冲击力大，机动性好。而晋军的特点是步兵与兵车较多。如何将晋军的劣势化为优势呢？刘裕苦苦思索，制定了一个步、骑、车兵相互配合的作战方针。刘裕将 40 辆兵车分为左、右两翼，中间再令骑兵跟车前进，作为机动兵力。这种以兵车作战的阵势，既能防御敌军的进攻，又可主动出击敌人。无论防御还是进攻，晋军以步、骑、兵车相配合的阵势都是十分有效的。

6 月 18 日，晋军主力到达临朐城南数里之地，燕主慕容超派出骑兵前后夹击，可是，在刘裕巧设的阵势面前，燕军的骑兵难以发挥作用。双方激战半日，不分胜负。燕军精兵悉出临朐，临朐守城兵力单薄。刘裕乘其隙，派一支精兵偷袭临朐，一攻即陷。刘裕乘势猛打，大败燕军，晋军取得了决定性的胜利。

临朐交战中，晋军步、骑、兵车相配合发挥了很大作用，使晋军化劣势为优势。晋军攻占临朐以后，乘胜前进，直逼广固（山东益都西北）。义熙六年（公元 410 年）2 月，晋军在围城 8 个月后，开始四面攻城，燕军不敌，开门投降。燕主慕容超率数十骑出逃，为晋军所擒，后被杀，南燕就此灭亡。

名人档案

刘裕（公元 363—422 年），字德舆，小名寄奴，原籍彭城（今江苏徐州）。刘裕于东晋北府军起步，平定桓玄之乱后而官至侍中、车骑将军，逐渐掌握东晋王朝的军权。公元 410 年刘裕统率大军将南燕平定后，升任为太尉、中书监，执掌朝权。此后，刘裕便培植亲信，铲除政敌。然后，他第二次北伐，克复关中，于公元418年受封为相国、宋公。公元420年，刘裕逼迫晋恭帝禅让，登上皇位，国号宋，是为宋武帝，改元永初，定都建康(今江苏南京)，改《秦始历》为《永初历》，废晋恭帝为零陵王。刘裕执政时较开明，减轻赋税，赦免奴客士兵。当了两年皇帝后，刘裕于公元422年病死，终年59岁，后谥武帝。

宋灭南唐

公元 960 年，后周禁军首领赵匡胤发动陈桥兵变，夺取政权，建立宋王朝，史称北宋。当时，各地群雄割据，为实现统一，赵匡胤采取先南后北、南攻北守、各个击破的方针，用 10 年时间平定了长江上游到珠江下游的广大地区，控制了江南的吴越国，形成对南唐的战略包围。南唐后主李煜深感局势危急，一面对赵匡胤表示臣服，主动削去南唐国号，改称江南国王，一面继续备战，企图利用长江天险和 30 万军队阻止宋军南下。

为了平定南唐，赵匡胤作了大量准备工作，用离间计除掉南唐重要将领林仁肇，设计取得南唐各州图志，了解南唐的地理、交通、人文情况，与北方的辽国议和，解除后顾之忧；为跨越长江天堑，采纳江南人樊若水的建议，建造渡江用的浮桥和战船；联络吴越王钱俶，令其配合行动。待一切准备就绪，赵匡胤以李煜抗命不肯入朝为名，下令征讨。宋开宝七年(公元 974 年)3 月，宋军在曹彬率领下出发。京师水军沿汴河、淮河进发，已在荆南集结待命的 10 万大军则顺长江而下。出发前，赵匡胤特意嘱咐曹彬，不必急于进击，要广泛地树立大宋的威信，切不可用暴力对付民众，而要设法使他们自行归顺。

宋军顺江而下，南唐守军误以为宋军是例行巡视，不加防范，使宋军得以顺利通过有重兵驻守的南唐要地湖口，然后突然渡过长江，攻克峡口寨，进占池州。闰10月，宋军在石碑口（现安徽省安庆市以西）试架浮桥成功。然后，连克铜陵、当涂、芜湖，占领长江下游的重要渡口采石矶（现安徽省马鞍山市附近）。11月，赵匡胤命令将浮桥移至采石矶。

宋军用三天时间架成浮桥，像走平地一样跨过长江，直奔南唐都城金陵（现江苏省南京市）。李煜得知宋军架浮桥过江，派二万人急赴采石矶，被宋军击败。

次年正月，宋军在金陵附近的秦淮河大败10余万南唐军队，击退试图夺取浮桥的南唐水军，进而围困金陵。

李煜是个有名的词人，一向不愿过问政事。京城被围，他仍然在宫中和僧人念经讲道，直到5月，他登城巡视，才发现宋军已兵临城下。于是，一面急令驻守湖口的10万大军迅速回援，一面派人找赵匡胤求和。10月，援军在途中受到宋军夹击，本想放火烧宋军，不料风向变了，反而烧了自己，结果全军覆没。11月，赵匡胤拒绝了李煜的求和，下令攻城。李煜被迫投降。

宋灭南唐是中国古代规模空前的渡江作战。宋军首创架设浮桥，并且一举横渡长江，完全出乎南唐的预料，是战争史上的一大创举。南唐灭亡后，北宋完全统一了南方。

名人档案

赵匡胤（公元927—976年），宋朝的开国皇帝。周世宗死后，恭帝即位，赵匡胤发动“陈桥兵变”被拥立为帝，建立宋朝，定都开封。在位17年，病死，后人又怀疑为其弟赵匡义所害，历史上有“烛影斧声”的传说，终年50岁。

赵匡胤称帝后，对内对外实行了一系列的军事、政治、经济等各方面的改革措施。对统一祖国，发展农业生产，促进经济繁荣起了一定的推动作用。但是，他偏重“安内守外”，重文轻武，导致北宋日后“内重外轻”、“积贫积弱”的局面。他把大量田地赐给交出兵权的将领，又加剧了土地的兼并，使阶级矛盾日趋尖锐。

忽必烈奔袭大理

大理国，辖境今云南全境、四川西南部等地，分8府、4郡、37部，唐朝时称之为南诏，公元937年建立大理国。公元1252年7月，蒙宪宗蒙哥为了开辟对南宋作战的新战场，从侧翼突破宋军的防线，实现从西南方向合围宋军的战略，命令他的弟弟忽必烈统军征服大理。

忽必烈受命之后，随即着手进行准备工作。他南驻金莲川（今滦河上游），建立藩府，任用汉人知识分子，整顿地方行政，进行屯田；派汪德臣率兵进攻四川成都和嘉定（四川乐山），为进军大理开辟道路。公元1253年，忽必烈兵分三路，命令兀良合台率领西路兵马，越旦当岭（今云南中甸附近）入大理，命抄合、也只烈带领东路兵马，从白蛮（云南姚安）进攻大理；自己率领大军走中路，由越嶲（四川西昌）入。10月，忽必烈率军渡过大渡河，在山地中行军两千多里，到达金沙江。蒙军乘皮革和木筏强渡波涛汹涌的金沙江。过江后，在金沙江附近降服了大理以北的各蛮部族，摩沙蛮王投降。忽必烈继续前行，到达白蛮，白蛮守将出降，主将之侄坚守城池，蒙军遂攻破其城。12月，忽必烈军抵达大理城大理。忽必烈派出使者进城招降，大理国君段兴智懦弱无能，势力微弱，大权落在权臣高祥手里。高祥杀了来使，拒绝投降，于是蒙军攻城，大理士兵出城迎战，被蒙古兵击败。当夜，高祥率队逃姚州,段兴智逃到陪都鄯阐。忽必烈入城后,禁止杀掠,安抚百姓。不久西路军和东路军陆续到达。

于是忽必烈派兵追杀高祥于姚州,俘虏大理国君段兴智,并任用段氏家族继续管理当地事务,留兀良合台继续征服南方未平之地。然后自己率中路和东路兵马班师北归。

名人档案

忽必烈(1215—1294 年),元世祖,圣德神功文武皇帝,名字全称孛儿只斤忽必烈,蒙古语尊称薛禅皇帝。父拖雷。蒙哥的弟弟。1260 年即位,经过四年的内战,打败他的弟弟阿里不哥,统一内部。此后,开始大举南下攻宋,1271 年改国号为“元”。1279 年,南宋亡。忽必烈死于 1294 年,在位 35 年,享年 80 岁。

忽必烈在位期间采取了一些巩固统治的措施:制定法律;禁止屠杀;发展教育。元朝的统治是建立在民族压迫的基础上的。此外,忽必烈亦有派遣军队进攻多个国家,其中以远征日本的战事最有名,也最惨烈,三次进攻均因台风而失败。

宁远大捷

明朝后期,统治集团内部争斗激烈,政权日益衰败。居住在现在的辽宁省东部地区的女真人的势力日益崛起。建州女真的首领努尔哈赤经过20余年的努力,基本统一了女真各部,于1616年(明万历四十四年)初建立了后金政权,自称为汗。

两年后,努尔哈赤趁明王朝防务松弛之机,经过认真准备和精心策划,亲率步骑兵二万人攻明。后金军先后攻占了抚顺、清河(今抚顺东南)等地,并打算进攻辽东重镇沈阳、辽阳一带。但由于兵力不足,又探知明王朝已决定增援辽东,便主动撤退。经过一段时间的休整以后,努尔哈赤又亲率贝勒诸臣,统领后金大军进攻依附明王朝的女真族叶赫部,给予较大的打击和破坏,从而基本上稳定了后金政权的侧翼。这样,努尔哈赤便可以倾其全力对付明王朝的军队了。

这时的明王朝困难重重,各地的农民起义此起彼伏,不得不调派重兵四处镇压,本已无暇顾及辽东的防务。但努尔哈赤崛后起,决心与明王朝为敌,对明王朝在辽东的统治构成严重威胁,迫使明王朝不得不予以重视。于是,明神宗朱翊钧任命杨镐为兵部右侍郎,主持辽东防务,并决定派遣大批军队进攻后金。杨镐率领10万大军号称47万分兵四路,由四个总兵官率领,进攻赫图阿拉。可是只用5天时间,努尔哈赤便大败明军，杨镐率领的10万明军损失了一大半，文武将官死了300多人。这就是历史上著名的“萨尔浒之战”。

萨尔浒大战以后，后金政权进一步巩固。在以后的几年里，努尔哈赤彻底征服了叶赫部，完全统一了女真各部，并在1621年5月攻占了明王朝在东北地区最重要的据点沈阳和辽阳，从而控制了现在辽宁省的几乎整个东部和中部地区。1624年和1625年，努尔哈赤先后把后金政权的都城迁往辽阳和沈阳，这表明他正在积极筹划下一步的规模更大的作战行动，即打通辽西走廊，进而夺取山海关，威胁明王朝的京城——北京。

面对连续几年的军事失利，明王朝内部对如何抵御后金军于长城之外而发生意见分歧。早在1622年3月后金军在广宁大败明军后，当时的明王朝辽东经略王化真即把明军全部撤退到山海关，放弃了整个辽西。但明朝著名将领袁崇焕在亲自前往战地考察后，大胆地提出北上宁远（现辽宁省兴城）建立第一道防线。在继任的辽东经略孙承宗的支持下，袁崇焕的建议得到采纳，并受命领导修筑了宁远城。1625年底，孙承宗遭到朝廷的罢斥，新任经略高第再次下令明军全部撤回山海关，但袁崇焕断然拒绝撤离宁远。这样，宁远就成为明军在山海关外唯一重要的战略据点，也成为后金军进关路上的最重要的障碍。

为了扫除这个障碍，努尔哈赤在后金天命十一年（即明朝天启六年，1626年）初亲率13万大军，从沈阳出发，西渡辽河，进攻宁远城。

这时的宁远守军仅1万余人，不及后金军的1/10。面对强敌，统帅袁崇焕坚定果敢，誓死守城，官兵同仇敌忾，一扫前几年明军在与后金军作战时士气低落人无斗志的状况。为了保卫宁远，袁崇焕在初到任时，就从原来的任所福建省带来了刚刚传入中国的新式西洋火炮和操炮技术熟练的福建籍士兵。现在，他决心靠着坚固的城池和威力强大的西洋火炮击退占优势的后金军队。

2 月 19 日，后金军开始攻城，袁崇焕指挥明军开炮轰击，使后金军伤亡惨重，大败而逃。努尔哈赤也被炮火击中受重伤，几个月后在伤病中死去。

宁远大捷暂时扭转了几年来明军屡战屡败的颓势。此后不久，袁崇焕率明军收复了辽西重镇锦州。后来，袁崇焕遭朝廷权臣陷害被杀，明军收复辽东全境的愿望终成泡影。

火炮在宁远大捷中大显神威，促使明王朝进一步大量制造火炮装备军队，原来不知火炮为何物的后金，也开始铸造火炮，组建炮兵。所以，宁远战役成功地使用火炮，对明清之际武器的发展和作战方式的演变，都产生了重要的影响。

名人档案

努尔哈赤（1559—1626 年），姓爱新觉罗，号淑勒贝勒，明嘉靖三十八年（1559 年），出生在建州左卫苏克素护部赫图阿拉城（辽宁省新宾县）的一个满族奴隶主的家庭。明万历十一年（1583 年），“自中称王”。万历四十四年（1616 年），在赫图阿拉建元称汗，国号大金（史称后金）。与明将袁崇焕在宁远交战中，大败而回并受伤，于天命十一年（1626 年）八月死去。终年 68 岁。

袁崇焕（1584—1630 年），祖籍广东东莞，后落籍广西藤县。他在任辽事期间曾多次击败后金军的进攻，获宁远、宁锦大捷，阻遏后金军南下。崇祯二年(1629 年)，皇太极亲率大军避开袁崇焕的防区，攻下遵化，直逼北京城下。袁崇焕闻讯率部星夜驰援京师，获广渠门、左安门大捷，力解京师之危。但昏庸的崇祯帝却听信阉党谗言，中了皇太极的反间计，将袁崇焕逮捕下狱。崇祯三年(1630 年)，袁崇焕被处死于西市。

张献忠奔袭襄阳

明朝末年，灾荒不断，朝政腐败，民不聊生，各地农民纷纷揭竿而起，反抗明王朝的统治。在众多大大小小的农民起义中，最著名的是由李自成、张献忠领导的两支起义队伍。他们的起义军不仅人数众多，而且持续的时间长，作战有勇有谋，影响遍及大半个中国，对最终动摇明王朝276年的统治起了决定性的作用。

张献忠是陕北肤施（现陕西省延安）人，明崇祯三年（1630年）在陕北的米脂聚众起义，随后率领起义军在河南、陕西、湖北等地转战。时间不长，起义军在与明军交战中失败，为保存实力，张献忠接受了明王朝的招抚，率兵驻守在湖北省的谷城。但张献忠仍然暗中收集残部，积蓄力量，伺机再起。明崇祯十二年（1639年），他与另一支农民起义军会合，占领了谷城，再次起兵。

正在重重困境中垂死挣扎的明王朝，对此非常害怕，立即处死了当年招抚张献忠的兵部尚书熊文灿，派遣礼部尚书杨嗣昌统帅大军围剿张献忠。经过一年多的对峙，张献忠在第二年九月突破明军的防线进入四川，杨嗣昌也率领明军追踪而至。面对强大的敌人，张献忠采取灵活的战术，决定以走来调动明军，使其疲惫不堪。他率领起义军深入四川，攻占泸州，又突然挥师东进，越过巫山，回到湖北，进入兴山、房县一带。7个月行军五六千里，把杨嗣昌的10万大军甩在四川，并且割断了四川的明军与湖北、湖南等地明军之间的联系，使杨嗣昌的大军无法掩护其大营所在地襄阳城（现湖北省襄阳市）。

当张献忠得知襄阳城防空虚后，立即决定奔袭襄阳城。他先派遣28名起义军潜入城内，派一部分起义军阻截在后面追赶的明军，然后亲自率领2000骑兵，一昼夜急行300里，直逼襄阳城下。大军赶到时，城内伏兵杀死城门卫士，打开城门，迎进起义军。一时间，城内杀声四起，明军惊慌失措，纷纷投降。起义军俘虏明军数千人，一举攻占明军重镇襄阳城，并且杀死明王朝的襄王朱翊铭，缴获了储存在城内的大量军用物资。

奔袭襄阳的成功，一举打破了明军对起义军的围剿，并为日后李自成领导的农民起义军进军中原创造了条件。

名人档案

张献忠（1606—1646年），字秉吾，今陕西省延安人。崇祯三年（1630年）于米脂起事，自号八大王，人称“黄虎”。起事后，克凤阳、焚皇陵、破开县、陷襄阳，胜战连连。崇祯十六年克武昌，称大西王，次年，建大西于成都，即帝位，年号大顺。张献忠生性残忍好杀，1646年（大顺三年），清兵南下，战殁于西充凤凰山。

汝州决战

李自成是明朝末年的另一位著名的农民起义军领袖，1605 年出生，陕西米脂人。1630 年前后，由于发生了严重的灾荒，各级官吏贪污腐化，在陕西、山西等地发生了众多的农民起义。明崇祯四年(1631 年)，李自成参加了由他的舅父高迎祥率领的农民起义军。在以后的几年里，起义军几经挫折，几度揭竿再起，始终未向明朝统治者屈服，一直转战在陕西、山西、河南等地。

明崇祯九年(1636 年)秋，起义军首领高迎祥在作战中被明军俘虏杀害，李自成便被推举为起义军的首领"闯王"。明崇祯十二年(1639 年)，河南大旱，许多农民被生活所迫加入李自成的起义军，起义军也适时提出"迎闯王，不纳粮"的口号，并规定了严明的纪律，使起义军的规模迅速扩大。两年后，李自成的起义军已占领了河南省的大部分地区。

明崇祯十六年(1643 年)5 月，李自成在湖北的襄阳召开重要军事会议，确定了先取关中，再攻山西，后逼北京的战略计划，决心彻底推翻明王朝。

明朝的崇祯皇帝为了挽回败局，一方面下"罪己诏"，表白自己是"爱民"的，一方面任命孙传庭为兵部尚书，重整军队，编练新军，加紧制造装有火炮的战车，准备大规模进剿李自成的农民起义军。就在李自成在襄阳召开军事会议的时候，孙传庭调集10余万明军向河南进发。

李自成对明军和起义军双方的态势进行了认真的分析。他认为，明军从潼关进入河南，那里地势险要，易守难攻，如果起义军到潼关与明军作战，会付出很大的牺牲，不如先让一步，等明军进入农民起义军占领的地区后，再发动攻击，以便更充分地发挥起义军的优势。于是，他命令，派一支小部队前往潼关迎敌，且战且退，诱使明军远离潼关天险，深入农民军占领的河南中部地区，农民军的主力则部署在襄城附近，并在汝州（现河南省临汝县）、襄城、郏县、宝丰等地加固城垒，布下五道防线。7月底，李自成完成了抗击明军的部署。

恰在这时，由总兵牛成虎、副将卢光祖带领的明军先头部队3千余人东出潼关，与农民起义军相遇。农民军稍战即退，经陕州、渑池，退至洛阳，又向郏县转移。9月初，孙传庭率明军主力部队进抵汝州，进入了农民军的包围圈。就在孙传庭刚刚抵达汝州时，情况突然发生变化，9月8日，李自成的农民起义军中有人叛变投敌，出卖了农民军的战斗部署。孙传庭立即派军队走山路袭击并攻占了唐县，10日又攻占宝丰，13日进抵郏县城下。

李自成随机应变，他凭借郏县城下的深沟高垒，坚守不战，把明军的主力部队拴在郏县，同时派遣一支精锐部队，一直向北，绕过嵩山，从背后袭击离汝州仅几十里的白沙。由于白沙是从洛阳到汝州的必经之地，攻占白沙，就断绝了明军的运输线，数万明军的粮草供应顿时成了大问题，军心动摇。17日，汝州城下的明军哗变。孙传庭见形势不妙，决定自己先回洛阳筹运粮饷，而让总兵陈永福留下指挥大军。本已军心不稳的明军，见主帅突然离去，更加混乱，许多士兵纷纷离去。农民军内部又查获了向孙传庭暗送情报的奸细，清除了隐患。李自成抓住战机，集中兵力，积极反攻，步兵与骑兵互相配合，使明军仓皇失措，不得不迅速撤退。

这时，天下大雨，道路泥泞，明军携带的大量战车无法前行，士兵们又不愿推车。数千辆战车停在路上，挡住了明军的退路，车倒马翻。农民起义军趁机追上明军，明军大乱，毫无斗志，却又无处藏身，死者达数千人之多。明军总兵高杰见大势已去，急忙带领明军向西逃窜。农民军紧紧追击，不给明军喘息的机会，一昼夜追击 200 里，终于在孟津将明军全军阻截住，并将其围歼。明军死亡 4 万余人，战车也损失殆尽。仍然留在郏县来不及撤退的陈永福所部明军，也被农民军包围，大部被消灭。先期返回洛阳的明军主帅孙传庭，眼看全军覆没，自杀未遂，被手下的残兵拥入潼关。

汝州决战以后，明王朝用以镇压农民起义军的有生力量便几乎全部被消灭，再也无力向农民军发起进攻。3 个月后，李自成率军攻占陕西，随后进入山西、直隶（现河北省）。1644 年 4 月 25 日，李自成的农民起义军攻入北京，崇祯皇帝自缢身亡，明朝的统治就此结束。

名人档案

李自成（1606—1645 年），原名鸿基，陕西米脂人。明思宗崇祯三年（1630 年），李自成以裁驿卒失业，后奉军投奔闯王高迎祥。一年后高迎祥牺牲，继称闯王。1640 年秋率军入河南，用举人李岩提出的“均田免赋”“平买平卖”“剿兵安民"等口号为纲领,得到人民热烈拥护。五次大战役取得胜利后,所部发展到百万。1643年攻取西安,次年春建立大顺政权,称大顺王,年号永昌。不久攻克北京,推翻明朝。在明朝吴三桂引入清军联合进攻下,迎战失利撤出北京,退回西安,转战河南。李自成统军作战十.余年,重视从严管理,密切民众关系,善于把握战场主动权,常以灵活战法出奇制胜,在中国农民战争史上写下了光辉的一章。

郑成功收复台湾

台湾自古是中国的领土。然而在明朝末期，由于政治腐败，荷兰殖民主义者乘虚而入，于明天启四年（1624 年）派军队在台南附近登陆，以后又逐步占据全岛。

明王朝灭亡后，一批原明朝的文武官员仍在东南沿海坚持了很长时间的抗清斗争。郑成功就是其中的著名将领。他决心收复台湾，驱逐殖民者，并把台湾作为抗清的基地。为此，他大力训练军队，筹备军饷，修造船只，侦察敌情，并根据台湾的敌情和水文地理情况确定了先进驻澎湖列岛，再在台湾登陆的方针。

清顺治十八年（1661 年）3 月 21 日，郑成功率 2 万 5 千人，乘坐数百艘舰船，从福建省金门料罗湾出发，次日抵达澎湖。三天后，继续向台湾进发，但被风雨所阻折回，30 日晚，再次出发，次日晨抵达地势险要、水浅礁多、荷军疏于防备的鹿耳门，郑成功的水师顺利地冲过仓促组成的荷军水上防线，在禾寮港登陆。在台湾人民的接应下，郑成功率领的大军很快站稳了脚跟。

禾寮港位于荷兰侵略军在台湾的两个重要据点台湾城和赤嵌城之间，郑成功在此登陆，便割断了这两个荷军要塞之间的联系。郑军登陆后，荷军立即组织反扑。在海上，荷军派出 4 艘战舰，郑成功则以

60 艘战船将其包围，用炮火猛烈轰击，将荷军主舰“赫克托号”击沉，其余荷舰只好从海上逃走。

在陆上，荷军派 200 多人袭击郑军，结果死伤过半，残兵逃回赤嵌城。郑成功乘胜出击，将赤嵌城团团围住，并断绝水源，使其孤立无援。驻扎赤嵌城的荷军被迫投降。

这样，荷军的要塞便只剩下台湾城。驻守城内的荷兰总督揆一自知荷军处于劣势，不敢出城迎战，妄图凭借坚固的城垒和密集的炮火坚守城池，以待援军到来，并想利用和谈拖延时间。郑成功表示，如果荷军投降，可以保证他们安全离开台湾。荷军拒绝投降。郑成功便派兵攻占台湾城城南，迫使荷军龟缩在城内，并构筑工事，以便长久围困，迫降荷军。

这时，驻守的印度尼西亚的荷兰侵略军得知台湾战事，派出 10 艘战舰、700 名士兵前来增援。对此早有准备的郑成功，奋力反击，击沉荷舰 2 艘，俘获荷舰 3 艘，击毙敌军百余名。其余荷兰军舰被迫逃离，不敢再来援救。

以后不久，郑军又攻占了台湾城外的荷军重要据点乌德勒支堡，加紧了对台湾城的围困。城内的荷军见援救无望，弹尽粮绝，士气日渐低落，只得向郑成功投降。至此，被荷兰殖民者统治 38 年的台湾岛，再次回到祖国的怀抱。

名人档案

郑成功（1624—1662 年），明末清初军事家，民族英雄。初名森，又名福松，字明俨，号大木。福建南安人。1624 年 8

月 27 日生于日本平户，父亲郑芝龙为明福建总兵，母亲田川氏系日本人。赐姓朱，改名成功，封忠孝伯，任御营中军都督，世称“国姓爷”。1661 年正月，在厦门召开军事会议，决计收复台湾，而后下令整修船只，调整部署，加紧复台准备。1662 年 2 月 1 日迫使揆一在投降书上签字，使台湾回归祖国。郑成功在台湾加强建设，促进了政治、经济发展。1662 年病逝，仅 39 岁。

康熙帝平定“三藩之乱”

在清王朝建立的过程中，清朝统治者收编了许多投降的明朝将领及其所属的军队，并利用这些将领和军队平定、镇守南方，以弥补自己军队的不足。这些降将中，为清朝出力最大的是吴三桂、尚可喜、耿仲明，而且都受封为王。清政权基本稳固后，以满族人为主的清八旗主力驻守北方，南方则主要由原明朝降将驻守，其中平西王吴三桂镇守云南，平南王尚可喜镇守广东，靖南王耿精忠（耿仲明之孙）镇守福建，史称“三藩”。他们手握重兵，势力强大，割据一方，被清朝统治者视为心腹之患，既不放心，又不敢轻易解除他们的兵权。清朝康熙皇帝爱新觉罗·玄烨亲政后，决心尽快解决这个问题。

清康熙十二年（1673 年），尚可喜请求告老返回辽东，让其子尚之孝留镇广东。康熙帝即借此机会命其父子率其属下一同撤回。吴三桂、耿精忠闻讯后，为试探朝廷对他们的态度，也上书请求撤藩。康熙帝不顾多数人的反对，毅然允准。

吴三桂见康熙帝已决心剥夺“三藩”的兵权，即于同年 11 月 21 日发动叛乱，打起复明的旗号，自命为天下都招讨兵马大元帅，并指挥叛军进入湖南。此后几年里，广西将军孙延龄、提督王雄等在广西，四川巡抚罗森、提督郑蛟麟等在四川，靖南王耿精忠在福建，陕西提都王辅臣在西北，尚可喜的另一子尚之信在广东，纷纷发动叛乱，响应吴三桂。叛乱遍及西南地区、东南沿海以及中原、西北等地，绵延十几个省。

为了镇压叛乱，康熙帝在政治上区别对待，剥夺了吴三桂的王爵，杀死在北京作为人质的吴三桂之子吴梦熊及其家属；暂时停撤耿、尚二藩，以示招抚。在军事上，派大军分三个方向进剿，中间围攻湖南，集中打击吴三桂；在东、西两线，分别平定江西、浙江和陕西、甘肃、四川的叛乱，把各地的叛军分割开，使之不能互相配合。

在湖南战场上，清顺承郡王勒尔锦率劲旅在湖北的荆江阻止吴军渡长江北上，清安亲王岳乐取道安徽、江西进入湖南，出其不意地攻占萍乡，威胁长沙，迫使吴三桂回兵增援长沙，放弃西进计划。此时，防守荆江、武昌的清军，趁吴三桂的主力转向长沙之机，渡江南进，袭击常德、岳州。不久，清军收复江西吉安。吴三桂从此陷于被动。

与此同时，清军向其他各路叛军发动进攻。到康熙十六年（1677年），陕西的王辅臣、福建的耿精忠、广东的尚之信，先后投降清军。这样，清军便可集中更强大的兵力对付湖南的吴三桂。

在清军强大的军事攻势和政治劝降的打击下，吴三桂叛军士气日渐低落。为挽回败局，清康熙十七年（1678年）三月，吴三桂在湖南衡州称帝，国号大周。但数月后，吴三桂即病死，由其孙吴世继位。清军趁机发动攻势，派水师进入洞庭湖，断绝岳州叛军的粮饷，迫其逃走。随后，叛军先后退出长沙、衡州。康熙十八年（1679年），清军收复湖南。康熙十九年（1680年），收复四川。康熙二十年（1681年），收复贵州。同年2月，清军进入吴三桂的老巢云南，进攻昆明。10月，被围困数月的昆明城内粮食已尽，守城将领开门迎降，吴世自杀而死。这样，历时8年、波及半个中国的“三藩之乱”，终于被平定。

"三藩之乱"平定后,清政府将"三藩"所属部队编入八旗,原来"三藩"享有的特殊权力均被收回,各地的汉族文武官员受到严格控制。因此,平定"三藩之乱"标志着清王朝在关内最终确立起统一、稳定的统治。

名人档案

康熙(1654—1722 年),清圣祖玄烨,清入关后第二代皇帝,即爱新觉罗·玄烨。世祖三子。1661—1722 年在位,是历史上在位时间最长的皇帝。8 岁即位,年号康熙。亲政后,智捕鳌拜,永停圈地,出旗为民,发展生产,加强皇权,平定三藩,平噶尔丹,驱逐沙俄,巩固一统。精于儒学,对算学、水利、测量亦多造诣。设馆纂修《明史》《古今图书集成》《康熙字典》等。

中英鸦片战争

从18世纪初起，英国商人开始从事对华鸦片贸易。到19世纪，鸦片走私数量迅速增加，1838年达到4万箱。大量的鸦片走私，使中国烟毒泛滥，许多人由于吸食鸦片而严重影响身心健康。此外，大量进口鸦片，还使大量白银外流，国内银源不足，银价上涨，影响经济稳定。英国商人从鸦片走私中获得巨大利益，因而受到英国政府的庇护。

清朝统治者历来反对鸦片走私，但禁而不止，进口数量反而越来越大。1839年，清政府感到听任鸦片泛滥必将危及自身的统治，下决心严禁鸦片。这一年年初，清帝道光派林则徐为钦差大臣前往广州禁烟。他到任后，立即严惩鸦片贩子，收缴烟具，限期戒烟；命令外国商船保证不贩运鸦片，将收缴的2万余箱鸦片在广州附近的虎门当众销毁。

林则徐的禁烟措施，触怒了英国政府。1840年6月，一支由海军少将懿律率领、拥有50多艘军舰和4000名士兵的英国侵略军开到中国沿海，发动了鸦片战争。

英国舰队首先开到广州附近海面。林则徐对此早有准备，从开始禁烟时起使修筑炮台，铸造新式大炮，训练水勇。英军见无隙可乘，便北上袭击福建厦门，被守军击退后又转攻浙江定海。

7月，定海陷落。英国以此为基地，一面派舰只在宁波、杭州、长江口侦察骚扰，一面由懿律率舰队主力径直北上天津附近的大沽，向直隶总督琦善提出赔偿收缴的鸦片烟价、赔偿军费、割让领土等无理要求。英军直逼天津，使道光皇帝惊慌失措，命琦善劝英军回广州谈判。这时已是秋季，英国舰队不便久留大沽，便匆匆回到定海。

11月，英军由于供应困难，频遭袭击，只得撤离定海，南下广东。不久，英军统帅懿律病重离职，由伯麦接替，英国公使义律全权处理外交事务。

1840年底，原来赞成禁烟的道光皇帝，感到林则徐禁烟惹来了许多麻烦，下令将已担任两广总督的林则徐和主张禁烟并主持福建防务的闽浙总督邓廷祯革职查办，派琦善赴广州主持和谈。琦善一到广州，便撤除了林则徐布设的防御措施，解散了水勇。

1841年1月，他又与义律签订《穿鼻草约》(因在广州附近的穿鼻炮台签订而得名)，私自同意割让香港，赔款600万元。2月，英军乘虚而入，进攻虎门炮台，总兵关天培率清军英勇抵抗，以身殉职。炮台失陷后，英军兵临广州城下，迫使琦善同意立即开关通商。对琦善和义律签订的《穿鼻草约》，中英两国政府都不满意。

道光皇帝听说琦善私自允诺割地、赔款，非常气愤，下令将其革职严办，并命御前大臣奕山为靖逆将军，统领由各省调集的军队，前往广州对英军“痛加剿洗”。

1841年5月21日，奕山命令准备不足的清军发起进攻。英军迅速反攻，第二天占领西炮台，25日攻占广州城北的制高点四方炮台。广州知府余保纯被迫同意停战，将清军撤离广州城，向英军交付600万元赔款。

清军的失败和英军士兵的奸淫抢掠激起了广州人民的愤怒。5月29日，十几名英军士兵在广州附近的三元里企图污辱农妇，被当地群众赶走。次日，为防范英军报复，周围各乡数万义勇云集三元里，与英军对峙。这时，天下暴雨，雷电交加，英军的联系中断，火枪因弹药受潮而无法使用，仓皇突围，逃回营地。后经余保纯劝解，英军才摆脱困境。

远在几万里之外的英国政府对《穿鼻草约》也不满意，派遣璞鼎查为全权公使来华，提出更高的要求。8月，璞鼎查率英国舰队再次北上，以迫使清政府就范。25日，英军攻占福建厦门。9月28日，英国舰队再次进攻定海，"定海三总兵"葛云飞、王锡朋、郑国鸿率军英勇抵抗，坚守3日，先后阵亡，舟山岛再次落入英军之手。10月10日，英军攻占浙江镇海，正在镇海的新任两江总督裕谦投水身亡。13日，英军占领宁波。清军在浙江一败涂地。

道光皇帝为挽回败局，急令吏部尚书、步军统领兼协办大学士奕经为扬威将军，主持浙江军务。但奕经苦于无退敌良策，直至1842年初才到达杭州。3月10日，3万清军同时向宁波、镇海、定海发动进攻，结果又是一败涂地。

在浙江沿海安全过冬的英国侵略军，在打败奕经的进攻后，又得到了进一步的增援，从5月起英军向长江下游发动猛烈进攻。5月18日，英军攻陷乍浦。6月16日，英军经过激战攻占吴淞，江南提督陈化成战死，宝山和上海随即陷落。以后，英军舰队顺长江而上。7月18日，英军进攻镇江，守将海龄率部拼死抵抗，自杀身亡。8月4日，英国舰队抵达南京。道光皇帝眼看英军长驱直入，节节进逼，一筹莫展，派遣重臣耆英为签约全权大臣赴南京，同原协办大学士、两江总督伊里布一起，与英国公使璞鼎查重开谈判。8月29日，中英签订《南京条约》,鸦片战争就此结束。

《南京条约》及其附约的内容包括:中国开放广州、福州、厦门、宁波、上海为通商口岸;割让香港;赔款 2100 万元;协定关税;片面最惠国待遇等。这是中国近代史上第一个不平等条约。

1844 年,已调任两广总督的耆英,代表清政府分别与美国和法国签订《望厦条约》和《黄埔条约》,美国和法国由此获得了与英国基本相同的利益。

名人档案

林则徐(1785—1850 年),字元抚,又字少穆,福建侯官(今福建福州)人,出身士大夫家庭。嘉庆进士,入翰林院。嘉庆二十五年(1820 年)起,曾在浙江、江苏、湖北、河南、山东等地任职,办理过军政、漕务、盐政、河工、水利等事,重实际调查,干练有绩,由道台迁升至巡抚。

道光十七年(1837 年)初,任湖广总督,严禁鸦片,卓有成效。次年上奏道光帝,力主禁烟,遂受命为钦差大臣,节制广东水师,赴粤查禁鸦片。道光十九年,与两广总督邓廷祯合力严缉走私烟贩,惩处受贿官吏,迫令英美烟贩交出鸦片 237 万余斤,从四月二十二日(6 月 3 日)起,在虎门当众销毁;又提出“奉法者来之,抗法者去之”的正确贸易方针,以孤立英国侵略者;会同水师提督关天培筹划海防,倡办义勇,屡挫英军武装挑衅。

为了解西方情况,他设立译馆,翻译外文书报,编成《四洲志》，并译外国律例、军事技术等著述，开创了近代研究西方的风气。1840年初任两广总督。6月，英国发动侵略战争，因广州防守严密，遂北上攻占定海，陈兵大沽。因投降派乘机诬陷，旋被革职。次年5月，复受命往镇海军营帮办军务，又遭谗害，不久被流放新疆。1850年，受命为钦差大臣，赴广西镇压农民起义，病死于广东普宁市。赠太子太傅，谥文忠。

吴淞保卫战

吴淞保卫战是中英鸦片战争中的一次重要战斗。虽然战斗最终以清军失利、英军占领吴淞炮台而告终，但守军将士的英勇抵抗和为国捐躯的精神永世长存。

吴淞位于黄浦江与长江的交汇处，是上海城的门户，也是长江防务的咽喉，因此成为中国军队重点防守的战略要地。19 世纪中期，清军在吴淞口的两岸都设置了炮台。在西岸，从吴淞镇到宝山县城之间，修筑了约有两丈高的土塘，上面安置了 154 门火炮，称为西炮台。在东岸，则沿黄浦江和长江，建有呈圆形的东炮台，设火炮 27 门。此外，在吴淞镇内也设有炮台。鸦片战争期间，清军江南提督陈化成、徐州镇总兵王志元率 2400 名官兵驻守吴淞口，两江总督牛鉴率千余人在吴淞西面不远的宝山作为后援。

1842 年春，英军为迫使清政府接受其要求，决定入侵长江，切断南北粮食和其他物资运输的大动脉运河。6 月，英军在攻占海防重镇乍浦后，来到吴淞口外。经过一番侦察后，英军于 6 月 16 日清晨发动进攻。一路英军由主舰“康华丽”号率领进攻西炮台，另一路以“摩底士气”号带领下进入黄浦江，攻打东炮台和吴淞镇炮台，掩护英军登陆。

英国军舰刚进入西炮台作战水域，年已七旬的老将陈化成就下令开炮，并亲自点燃火炮轰击敌舰。清军炮火多次击中敌舰，使英军难以靠近炮台。

两江总督牛鉴却非常害怕英军。战斗打响后，他三次派人要陈化成把军队撤回宝山，均遭陈化成断然拒绝，他只好带着军队从宝山增援吴淞。刚行至半路，被英国军舰发现并开炮轰击。一发炮弹落在牛鉴身边不远处，他再也不敢向前走了，立即率军逃往嘉定。接着，总兵王志元也放弃阵地率军逃走。阵地上只剩下陈化成孤军奋战。这时，英军的陆战队在炮火掩护下在宝山的小沙背登陆，从背后进攻西炮台。陈化成决心以死相拼，指挥将士英勇抵抗，用长矛与登上炮台的英军搏斗。终因腹背受敌，伤亡惨重，西炮台失守。陈化成在战斗中英勇牺牲，守卫炮台的将士全部阵亡。

西炮台失守后，英军立即攻占宝山县城，不久，上海城也陷落了。

吴淞保卫战失败了，陈化成等将士的不屈精神长存人间。一位参加进攻吴淞炮台的英国军人事后写道："凡是亲眼看到中国士兵的顽强斗志和保卫阵地的决心的人，都不能不对他们的英勇给予充分的尊重。"

名人档案

陈化成（1776—1842 年），字业章，号莲峰，福建同安县（今属厦门市）人。出生于金门，自幼熟习水性，精武艺，尚气节，智勇过人。鸦片战争时期，守卫吴淞，英勇抗英，成为著名将领。

镇江保卫战

镇江保卫战是中英鸦片战争中继吴淞保卫战之后中国守军对英国侵略者的又一次英勇抵抗。

上海失陷后，英国军队一万多人在7月6日驶离吴淞口，沿长江而上，占领了福山、鹅鼻嘴等炮台，于7月17日进入镇江江面。

镇江城位于长江南岸，依山傍水。这里是长江和大运河的交汇处，周围有金山、北固山、焦山、象山，易守难攻。英军在江浙一带发起进攻后，镇江城内的大炮多数被调往吴淞，因而城防比较薄弱。这时，镇江城内由清军副都统海龄率两千人镇守，城外则由新近从四川、湖北调来的军队防守。城内城外的守军没有统一的指挥，不能很好地配合作战。

7月21日晨，英军发起进攻。5000名英军在镇江城西北的金山附近登陆。一路英军直扑驻守在城外的清军。经过一番激战，清军抵挡不住英军的攻势，在四川提督齐慎、湖北提督刘允孝的带领下败退。这样，镇江城失去了外围防卫，只剩下海龄率领的城内守军。同时，在金山附近登陆的另一路英军和在镇江城东北的北固山一带登陆的英军一起，两路会攻镇江城。英军猛攻镇江城北门，登梯子爬上城头。守城清军奋勇抵抗，在城头与英军搏斗。将士们用刀矛冲向手持先进武器的侵略者，有的士兵身负重伤，便抱住英军士兵跳下城墙，同归于尽。北门终于被英军打破，大队英军涌入城中，不久，西门也被英军用炸药炸开。

面对优势的敌人，镇江守军毫不退缩，与英军展开巷战，逐条街道、逐幢房屋与敌争夺，迫使英军付出沉重的代价。不少清军官兵眼看城门已破，便杀死自己的妻儿，然后攻入敌阵拼杀，直至牺牲。守将海龄也指挥将士战斗到最后一刻，终因寡不敌众，自杀身亡，英军占领镇江后，为报复守城将士的英勇抵抗，大肆烧杀，镇江城惨遭劫难。

镇江保卫战是中英鸦片战争中的最后一次激烈战斗。此后不久，英军直驶南京，迫使清政府签订了《南京条约》。

在中英鸦片战争中，虎门、定海、吴淞、镇江等保卫战以及三元里抗英，都充分显示了中国人民抗击侵略者的坚强决心，以关天培、“定海三总兵”、陈化成等为代表的守军将士，不惜为保卫国土洒尽最后一滴血，可歌可泣。同时，鸦片战争的失败也充分暴露了中国的落后和清朝统治者的腐败无能。

名人档案

海龄（？—1842 年），清末将领。满洲镶白旗人，郭洛罗氏。曾任大名、正定镇总兵，西安、江宁副都统。1841 年初任京口副督统。1842 年英军犯镇江时海龄率军展开镇江保卫战，在城破之时自焚殉国。

海龄战死后，对他的评价却有很大争议，原因在于，当英军逼近镇江时，海龄以防务和锄奸的名义，在城内实行严厉的盘查和清洗，很多无辜市民被当作奸细处决，人心惶惶，满汉间的民族矛盾也空前激化，以至战斗打响后，有些汉人和英军一起袭击旗兵，劫走牢狱里的囚犯。虽然海龄战死，但他的这些过火行为仍然为人所抨击。尽管如此，海龄所领导的镇江保卫战仍然在我国反侵略战争史上留下光辉的一页。

避实击虚，直捣南京

1851 年 1 月 11 日，洪秀全在广西桂平金田村发动起义，建立太平天国。金田起义后，清政府立即从周围各省调集军队，前往镇压，企图扼杀太平天国革命。太平军的当务之急是迅速突破清军的围堵，甩掉占优势的清军主力。但在金田起义之初，太平军虽然同清军数次交战，都未能突破清军的包围。此后，太平军西进武宣、象州，又东进入平南县，再转道蒙江上游的永安，仍未能甩掉清军。

从 1852 年 4 月起，经过半年休整的太平军，在东王杨秀清的指挥下，决定采取声东击西、避实击虚的战法，在更大的范围内调动清军，以冲破包围，跳出广西。4 月初，太平军先锋罗大纲部，利用深夜大雨的有利时机，向永安城东清军防守薄弱的古苏冲进发。出城后，太平军在龙寮岭口大峒山谷地布置伏兵，阻截追兵。大队清军追兵进入了伏击圈。由于这里道路狭窄，清军人马众多，再加上下雨地滑，清军乱作一团。太平军趁势出击，仅半天时间就歼灭清军 5000 人，杀死清总兵四人。这是太平天国初期的一个重大胜利。太平军摆脱了清军的堵截，挥师向北，直逼广西桂林。但由于桂林城坚固，太平军围攻一个多月仍未攻下。这时，清军援军已向桂林汇集，杨秀清果断地决定解除桂林之围，主动撤离，挺进湖南。9 月，太平军包围了湖南长沙，并开始攻城。激战两个多月，虽然四次炸塌城墙，但都由于城内数万清军的拼死抵抗而未能攻克。显然，长沙久攻不下，如坚持攻城，清军援兵到达，太平军有可能再度陷于被动。于是，杨秀清决定再次改变部署，派翼王石达开渡湘江西进，另辟战场，调动敌人的兵力，自己亲率主力，趁夜色，突然撤除长沙之围，转兵北上。而清军将领对此毫无察觉。太平军离开广西进入湖南后，许多广西籍的将士思恋故土，要求打回广西。太平天国天王洪秀全也想打到自己的老家广东去。而不论是回广西还是去广东，都不利于把太平天国革命推向全国，而且局限于一两个省的狭小地域还有可能重新陷入清军的重重包围，不利于在大范围内调动清军，争取主动。因此，杨秀清提出，北上湖北，沿长江东去，直捣南京的战略方针。

1853 年 1 月，太平军攻克湖北省城武汉。不久，50 万太平军水陆并进，沿江而下，连克九江、安庆、芜湖，于 3 月 19 日攻占南京城，并把南京改名为天京，正式建都，使太平天国成为清王朝南北对峙的农民革命政权，从而把太平天国革命推向高潮。

名人档案

洪秀全(1814—1864 年)，原名仁坤，广东花县人，我国封建社会末期杰出的农民领袖。他通过创立拜上帝会，发动金田起义，建立太平天国，后定都天京，掀起了一场轰轰烈烈的农民运动。后来因内部矛盾爆发了“天京事变”，太平天国的力量因此大为削弱。在清政府和外国侵略者的联合镇压下，洪秀全兵败身亡。

太平军一破江南大营

江南一带历来较为富庶，一直是清政府粮食和财富的主要来源。因此，太平天国定都天京，被清政府视为心腹大患，急欲除之。为此，清军在天京外围建立了由向荣统领的江南大营，以天京东面的孝陵卫为中心，北起长江南岸的石埠桥，经栖霞山、尧化门、孝陵卫、高桥镇、秣陵关、漂水，直到东坝，形成一条弧形防线，把天京围困在沿长江的狭小地带，同时也护卫着财赋重地苏州和常州。为了解除对天京的围困，天王洪秀全和东王杨秀清决定击破清军的江南大营。

1856 年 5 月，翼王石达开率 3 万大军自江西返回南京附近的秣陵关，与太平军将领秦日纲相约会攻江南大营。石达开认为，漂水和东坝一带的清军力量薄弱，而且这里又是通向苏州、常州的咽喉要道，进攻这两处，清军必来援救，这样便可乘虚捣毁江南大营。

主意已定，石达开便命令太平军南路军直扑漂水。6 月 13 日，太平军攻克漂水。向荣闻讯后，命令江长贵、明安泰等人率部堵截，并派张国梁带领精锐部队前往援助，企图夺回漂水。这样，江南大营的清军兵力大大减少。石达开见向荣中计，便亲率太平军主力分三路攻击江南大营，把清军的弧形防线拦腰截成两段。太平军秦日纲部也出击攻打江南大营的侧背。同时，守卫天京的太平军也出城发起攻击。向荣这时才知道中计，急令张国梁率部从溧水黑夜赶回援救，但已为时太晚。6 月 20 日，各路太平军向江南大营发起总攻，接连攻克清军营寨 20 余座，并且攻破清军孝陵卫大营。清军的防御体系全线崩溃，向荣、张国梁率残部连夜逃至丹阳。不久，向荣因战败自杀。至此，围困天京 3 年之久的江南大营被太平军摧毁。

石达开为击破江南大营，摸清敌军的弱点，采取声东击西、攻其必救的战法，调动清军的主力部队，使其疲于奔走，顾此失彼，为解救天京之围立下汗马功劳。

名人档案

石达开(1831—1863 年)，别名亚达，外号石敢当，广西贵县人。太平天国首封五王之一，为翼王，称五千岁。天京事变后，太平天国朝中官员推举石达开执掌政务。但天王洪秀全开始对石达开猜疑，于是石达开 1857 年带领大量太平军出走，此后数年间转战至云、贵、川，最后兵败大渡河安顺场投降，被处死。

第二次鸦片战争

鸦片战争以后，英国和法国等国不满足于已经获得的种种利益，希望使鸦片贸易完全合法化并迫使中国进一步开放通商口岸。1856年，先后发生了中国水师搜查亚罗号船(该船曾在香港登记注册，但已过期，船上中国水手中有人是海盗)的“亚罗号划艇事件”和在广西为非作歹的法国传教士马赖被打死的“马神甫事件”，英法两国便以此为借口，共同发动了第二次鸦片战争。

1856年10月，英军向广州发动进攻，两广总督叶名琛不组织抵抗，致使英军很快进入广州城，由于数万兵勇团练迅速赶来，才迫使英军退出广州。这时，英法两国正忙于同俄国打仗，无暇顾及中国，所以战事暂时没有进一步扩大。第二年冬天，增援的英法联军抵达。12月28日，英法联军再攻广州，次日攻克。叶名琛被俘并被押送英国统治下的印度。

1858年2月，英、法、美、俄四国公使照会清政府，要求各国公使进驻北京、增开通商口岸、允许外国人自由进入中国内地游历和传教、改订关税税率等，遭到清朝咸丰皇帝拒绝。英法联军随即北上。5月20日联军向天津附近的大沽炮台发起进攻。虽经守军英勇抵抗，炮台仍然陷落。6天后，联军迫近天津，直隶总督谭廷襄不战而弃城。

咸丰皇帝随即派桂良和花沙纳前来求和。6月下旬,中国同英国和法国分别签订《天津条约》。内容包括:同意外国公使进京,增开十个通商口岸,降低关税,自由传教,鸦片贸易合法化等,并相约一年后交换条约批准书。

但是,在太平天国革命运动的打击下,统治并不稳固的咸丰皇帝,害怕批准条约会加剧国内的动荡,迟迟不愿批准条约。一年后,英法联军再次集结在大沽口外,逼迫清政府就范。面对武力威胁,清政府只得同意批准条约,并指定各国公使在北塘登陆,经天津进入北京。但英法两国坚持沿白河经天津入京,并于1859年6月25日强行闯入白河,再次袭击大沽炮台。

这次,中国守军已有准备,立即开炮还击,击沉敌军舰十余艘,毙伤百余人,英法两军的指挥官都被击伤,只是在美国军舰的帮助下才得以逃脱。

8月1日,联军得知清军撤除北塘防务以待各国公使登陆进京,便趁机在北塘登陆,抄后路攻陷大沽炮台。随后,联军攻占天津,直逼北京。

9月21日,清军在通州以西八里桥与联军激战失利,咸丰皇帝逃往承德避暑山庄,由恭亲王奕訢留在北京主持谈判

。10月6日,英法联军到达北京西部,洗劫并火烧了著名的圆明园。13日,联军占领北京城北的安定门,控制北京城。24日和25日,奕訢在武力逼迫下,分别与英法公使交换了《天津条约》批准书,并分别与两国签订《北京条约》,同意增开天津为商埠、准许华工出国、赔偿英、法两国军费等。此外,美国和俄国也通过这次战争获得了除赔款外的其他利益,俄国还获得了我国东北地区100多万平方公里的领土。

名人档案

爱新觉罗·奕詝(1831—1861 年),道光帝第四子,年号咸丰,习称咸丰帝。1850—1861 年在位。咸丰即位之初,中国南部爆发了太平天国起义。咸丰年间,清军在与太平军作战时,屡遭失败。第一次鸦片战争结束后,列强并不满足于既得利益,又于 1856 年发动第二次鸦片战争。在外国武装的威吓下,咸丰帝被迫与英法签订《天津条约》。1860 年英法联军攻陷天津。咸丰帝匆忙逃往热河,命恭亲王奕訢留驻北京,以清政府全权代表身份与英法议和。8 月,英法联军攻进北京,奕訢与英法又签订了《北京条约》,同意增加赔款数额,增开商埠,割让九龙给英国。战争期间,还被迫与沙俄签订《瑷珲条约》和中俄《北京条约》,丧失了中国东北领土达 100 余万平方公里。1861 年,咸丰帝病卒于热河行宫。

太平军二破江南大营

1858年初，清政府命钦差大臣和春重建被太平军摧毁的江南大营。他在天京的东、南两面掘壕筑墙，到1860年初，天京已被清军团团围住，与长江以北的水上通道也被封锁。天京局势危急。为解天京之围，必须迅速打破江南大营。

太平天国主持朝政的干王洪仁玕和著名将领忠王李秀成经协商，决定运用“围魏救赵”的策略，首先奔袭清军必救的杭州，诱使江南大营分兵援救，然后再折回，与天京守军内外合击江南大营。

1860年1月，李秀成率军从安徽芜湖出发。2月，进入浙江。占领长兴县后，李秀成派侍王李世贤伪装主力，攻打湖州，迷惑清军，而李秀成自率精兵六七千人，伪装成清军，日夜兼程向杭州进发，围攻数日后一举攻占杭州。和春闻讯，急派总兵张玉良东援杭州。李秀成得知后，即命士兵在杭州城头遍插旗帜以迷惑清军，然后隐蔽撤出杭州，回师安徽广德。张玉良到杭州后，为李秀成所迷惑，迟迟不敢进城，进城后又迟迟不愿回师。本来可以用来保卫江南大营的一支主力部队就这样被置于无用之地。除此之外，江南大营还在各外围据点分兵驻守。这样，据守大营的清军兵力不足，攻打江南大营的时机已经成熟。

4月8日，李秀成会合五路大军10余万人，准备攻击江南大营。

按部署，五路大军从南、东南、西北三个方向同时进攻，逐一扫清敌军据点。到29日，太平军完成攻击部署，形成对江南大营的反包围态势。5月2日，总攻开始，太平军内外夹击，迫使清军两面分兵防御。5日，英王陈玉成率领的太平军首先突破天京西南的清军长壕，接连攻下从天京得胜门至江边的50余座清军营垒，歼灭清军数以万计。清军将领张国梁企图率部据守小水关大营。当夜，太平军对小水关大营发起猛攻，在大炮的轰击下营内四处起火，张国梁见营垒已破，率残部突围逃跑。太平军乘胜攻击江南大营的帅帐所在地孝陵卫。清军主帅和春冒雨逃跑。到第2天（5月6日），江南大营的所有大小营垒都被攻破，近7万清军被歼。钦差大臣和春因兵败自杀，清军将领张国梁在太平军追击下落水而死。在长江上的清军战船见大营已破纷纷撤防。

再次摧毁江南大营以后，天京之围被解，长江南北两岸的水上交通得以恢复，并缴获白银十几万两，枪炮、弹药和其他兵器不计其数。此后，李秀成率太平军乘胜攻克常州、无锡、苏州、嘉兴等江南重镇，为改善太平天国政权的处境作出了重要贡献。

名人档案

李秀成（1823—1864年），广西藤县人。1851年参加太平军。1853年，升任后四监军，驻防天京城外高桥。同年秋，李秀成跟随石达开去安徽“巡查民务”，得到石达开的“见爱”。1856年，他在救镇江和破江南大营作战中立功，被委为地官副丞相。1857年10月，他被封为合天侯，“任副掌率之权，提兵符之令”。1858 年，他任后军主将，和陈玉成等一起主持军事。第二年，被封为忠王。1860 年夏，李秀成又和陈玉成、李世贤再次大破江南大营，先后攻占常州、苏州、嘉兴、松江等地。不久，李秀成率领一支太平军攻到上海近邻。第二年一月，他再次率军进攻上海。由于天京告急，6 月撤兵回救。1863 年，天京形势十分危急。李秀成从丹阳回天京，力劝洪秀全“让城别走”，洪秀全不听。1864 年天京陷落后，李秀成被俘写了“供状”。在他写完供状的当天，被曾国藩杀死。对于李秀成“供状”的性质，史学界有不同的看法，还在继续讨论之中。

安庆保卫战

1858年,清军攻占九江,安庆成为太平军在天京上游的唯一屏障,战略地位愈加重要。同时,曾国藩也在安庆周围聚集重兵,急欲夺取之。

1860年9月,太平天国领袖们决定发动西征,进军湖北,以解安庆之围。太平军分五路,分别由陈玉成、李秀成、杨辅清、李世贤、刘官芳率领,预定前两路次年春会师武汉,后三路牵制皖南、江西的湘军。

陈玉成在长江北岸,进攻六安、寿州均未成功,又试图直接援救安庆,也遭失败。后来,陈玉成又错过攻占武汉的良机,加上在长江南岸的李秀成由于安庆危急未能及时赶到湖北,因而太平军两路"合取湖北"的计划不得不放弃。这样,陈玉成只得率部再次直接援救安庆。

但这时李秀成仍在向武汉进发。他率军走安徽,打江西,进湖北,其前锋甚至一度进入武昌县。此时,李秀成得知陈玉成已回师东援安庆,便率部撤出湖北,折回江西。太平军攻取湖北的计划彻底落空。

杨辅清部的目标是进入赣北。但在江西转战数月,连下数城,不久都被湘军夺回,被迫放弃赣北,退回安徽。李世贤部未进入赣东,刘官芳部按计划应攻击曾国藩的祁门大营。这些计划也都由于进军不顺利而先后落空。

由于进军湖北失败，又没能牵制住皖南、江西的湘军和攻破曾国藩的祁门大营，曾国藩已无后顾之忧，可以集中兵力，全力围攻安庆。而这时，在安庆仅有二万太平军守军，寡不敌众。安庆城危在旦夕。为解安庆之围，太平军只得改而直接援救。1861 年 4 月，陈玉成率部赶到安庆附近，围攻那里的湘军。同时，干王洪仁玕和、章王林绍璋等也率军从天京出发，进至安徽桐城一带，并继续向安庆进军。

5 月初，陈玉成与清军大战，不分胜负。洪仁和、林绍璋部多次向安庆方向进军却均遭挫折。于是，陈玉成留一部在集贤关外赤风岭扎营据守，亲率数千人赴桐城救援洪仁和。但是，陈玉成的援军未能改变洪仁和部在桐城附近的不利态势，陈玉成走后，留在集贤关外赤冈岭的太平军营垒反而被湘军攻破，守军全部被歼。太平军的士气遇到极大的打击。不久，安庆城外围的其他太平军营垒也被攻克，安庆成了一座孤城。安庆城长期被困，粮食已极度缺乏，外面援军屡屡失利，守城军队士气涣散，许多人出城降敌。此后，陈玉成、杨辅清等部多方努力援救，都未能奏效。9 月 5 日，安庆终于被攻陷，二万守城将士全军覆没。

安庆保卫战历时一年，太平军始终处于被动地位。除了清军的力量较前几年有听加强的原国外，太平军将领意见不一、各自为战、力量分散、行动迟缓，也是作战失利的重要原因。

安庆失守后，太平军在天京上游的重镇全部丢失。天京失去了最后的屏障，腹背受敌。此后，太平军始终未能恢复主动，而清军在曾国藩指挥下步步紧逼。1864 年 7 月，天京陷落，历时 14 年的太平天国革命以失败告终。

名人档案

曾国藩(1811～1872 年),初名子城,字伯函,号涤生,谥文正。中国清朝时期的军事家、理学家、政治家,“中兴名臣”之一,也是文学家,晚清散文“湘乡派”创立人。官至两江总督、直隶总督、武英殿大学士,封一等毅勇侯。

曾国藩所处的时代,是清王朝由乾嘉盛世转而为没落、衰败,内忧外患接踵而来的动荡年代,由于曾国藩等人的力挽狂澜,一度出现“同治中兴”的局面,曾国藩正是这一过渡时期的重心人物,在政治、军事、文化、经济等各个方面产生了令人注目的影响。这种影响不仅仅作用于当时,而且一直延至今日。从而使之成为近代中国最显赫和最有争议的历史人物。